btb

Aus Freude am Lesen

Niemis Held ist 16 Jahre und teilt seine Klasse in Arschgeigen und Idioten ein. Die Arschgeigen bekommen alles auf dem Silbertablett serviert. Die Idioten rackern sich ab und kommen trotzdem nie auf einen grünen Zweig. Niemis Held ist fest entschlossen, weder das eine noch das andere zu werden. Lieber provoziert er mit seinen Aktionen, als einfach klein beizugeben. Dadurch macht er sich zwar Feinde, aber auch einige Freunde. Wie das Mädchen mit den grünen Augen aus dem Musischen Zweig. Oder Pålle, den sie mobben, weil er aus schwierigen Familienverhältnissen stammt. Doch den Arschgeigen werden sie es schon zeigen – und auch der übrigen Welt …

Mikael Niemi, Jahrgang 1959, wuchs im hohen Norden Schwedens in Pajala auf, wo er heute noch lebt. Im Jahr 2000 erschien sein erster Roman »Populärmusik aus Vittula«, für den er den renommiertesten Literaturpreis seines Landes, den Augustpreis, bekam. Es war das spektakulärste Debüt, das Schweden je erlebt hatte. Das Buch stand monatelang auf Platz 1 der Bestsellerliste, verkaufte sich über eine Million mal, wurde in 24 Sprachen übersetzt und ebenso erfolgreich verfilmt. Es folgten der irrwitzige Kurzgeschichtenband »Das Loch in der Schwarte« sowie der ebenso begeistert aufgenommene zweite Roman »Der Mann, der starb wie ein Lachs«.

Mikael Niemi bei btb

Populärmusik aus Vittula. Roman (73172)
Das Loch in der Schwarte. (73710)
Der Mann, der starb wie ein Lachs. Roman (74017)

Mikael Niemi

Erschieß die Apfelsine

Roman

Aus dem Schwedischen
von Christel Hildebrandt

btb

Die schwedische Originalausgabe erschien 2010 unter dem Titel *Skjut Apelsinen* bei Rabén & Sjögren, Stockholm.

FSC
www.fsc.org
MIX
Papier aus verantwortungsvollen Quellen
FSC® C083411

Verlagsgruppe Random House FSC-DEU-0100
Das für dieses Buch verwendete
FSC®-zertifizierte Papier *Lux Cream*
liefert Stora Enso, Finnland.

1. Auflage
Taschenbuchausgabe Februar 2013

Umschlaggestaltung: semper smile, München
Umschlagmotiv: © Getty Images / Peter Zelei
Druck und Einband: CPI – Clausen & Bosse, Leck
MI · Herstellung: sc
Printed in Germany
ISBN 978-3-442-74497-8

www.btb-verlag.de
www.facebook.com/btbverlag
Besuchen Sie auch unseren LiteraturBlog www.transatlantik.de!

EIN PAAR RATSCHLÄGE, BEVOR ICH STERBE

Dinge, die man beachten sollte, wenn man sich verliebt.

Erstens: Verlieb dich nicht.

Und wenn man sich trotzdem verliebt? Dann such dir niemals das hübscheste Mädchen der Schule aus.

Und wenn man sich trotzdem in das hübscheste Mädchen der Schule verliebt? Dann betrachte es als Geisteskrankheit. Versuch, wieder gesund zu werden. Denk nicht mehr an sie.

Und wenn man trotzdem an sie denkt? Halt bloß deinen Mund. Sag, was du willst. Aber nur nicht das. Lass es sie niemals wissen. Vielleicht hat sie schon etwas geahnt, bei deinem feuchten Dackelblick, aber dabei muss es bleiben. Sie wird sich nie in dich verlieben, nur weil du in sie verliebt bist, so funktioniert das nicht. Du möchtest natürlich glauben, dass ein Wunder passiert. Vielleicht hast du es mal im Film gesehen. In der Schlussszene, nach unzähligen Missverständnissen, schenkt er ihr rote Rosen, und sie schmilzt dahin, fällt ihm willenlos in die Arme. Es besteht eine Chance von vielleicht eins zu tausend, dass so was passiert. Neunhundertneunundneunzig Mal sagt sie Nein, aber vielleicht das letzte, tausendste Mal …

Fang nie an, über dieses tausendste Mal zu sinnieren.

Dass ausgerechnet heute dein absoluter Glückstag ist, der Traumtag, an dem die Sterne perfekt für dich stehen. Sie wird Ja sagen. Sie nimmt die Rosen und …

Ich kaufe ein Dutzend Rosen und verstecke sie unter meiner Jacke. Ich warte und warte, und zum Schluss kommt sie aus dem ganzen Gewühl heraus. Sabina Stare. Alle anderen sind Schatten, doch um sie herum ist ein Lichtkegel. Und plötzlich bekomme ich Angst, fange an zu zögern, aber dennoch hole ich die Blumen heraus und gehe auf sie zu.

Und das Publikum merkt, dass da etwas im Busche ist. Die Schatten teilen sich. Alle verstummen, der ganze Schulflur zoomt die Szene heran. Ganz vorn steht sie und strahlt, das ist wie Röntgen, ich werde durchsichtig, ein Loch. Die Haut schält sich von den Händen, als ich ihr die Rosen hinstrecke, das Fleisch schmilzt zu Flocken, die Knochen leuchten kreideweiß, und ich kriege nur heraus:

»Hier.«

»Was soll das?«, fragt sie.

Meine Hand schießt nach vorn, so dass sie gezwungen ist, die Rosen zu nehmen.

»Weil ich dich liebe.«

Eine Welle durchläuft den Flur, die Hunderte von Zuschauern, ein ionisiertes Gas. Es ist wie im Film, obwohl es wirklich stattfindet. Und nach einer halben Sekunde wird allen die Komik der Situation klar. Da bricht das Lachen aus. Ein zerstückeltes Lachen von Zähnen, weißen Emailzacken, die alles zerhacken. Sie lässt die Blumen auf den schmutzigen Boden fallen, dreht sich um und geht. Ich bleibe stehen, während die Zähne immer noch kauen und essen, meinen Brustkorb bis auf die Knochen abnagen, bis aufs Herz, und da sterbe ich. Die ganze Schule sieht, wie ich sterbe. Es passiert hier und jetzt, vor aller Augen. Mein sechzehnjähriges Leben ist beendet.

Seit sechzehn Jahren bin ich grau. Ich sage das, als wäre es immer noch so, obwohl es vorbei ist. Ein sinnloses Leben war das, was ich da betrachte, ein Leben, das nicht den geringsten Abdruck hinterlassen hat. Seit ich klein war, habe ich mich immer in der Mitte gehalten. Nie war ich der Beste bei irgendwas, und immer war ich der gleichen Meinung wie alle. Ich habe schwimmen gelernt, als die halbe Klasse schwimmen konnte. Ich fing an, Hiphop zu mögen, als alle anderen Hiphop mochten, und ich hörte auf, es zu mögen, als es nicht mehr in war. Pizza war mein Lieblingsgericht. Blau war meine Lieblingsfarbe. Ich fieberte für denselben Fußballverein wie die anderen, mochte dieselben Filme, dieselben Automarken, die gleiche Kleidung. In der Essensschlange in der Kantine stand ich immer in der Mitte. Ich bin mittelgroß, mittelschwer, mitteltraurig, ich habe mich nie hervorgetan. So war mein Leben, und so hätte ich weiterleben können, eine graue Staubmaus, die von großen Füßen hin und her getreten wird, vollkommen unwichtig für die Welt. Mein Leben ist zu Ende, und ich bin wütend, während ich dies schreibe, der Stift zittert in meiner Hand, ich würde am liebsten losschreien, etwas kaputt machen, zerstören.

Schließlich hole ich die Blumenreste aus meiner Schultasche, sie sind verwelkt und stinken nach Beerdigung. Ich radle ins Industriegelände und finde eine Kiesgrube, in die ich sie werfe. Dann kippe ich eine Flasche Spiritus darüber, die ich aus dem Putzschrank geklaut habe, ich gieße die Flüssigkeit über die Stiele, ertränke die Blumenblätter.

Anschließend werfe ich ein Streichholz. Das flackert auf, eine blaue Flamme schießt hoch, dann knistert es und fängt an zu rauchen. Eine Weile bleibe ich so stehen und sehe es brennen, mein sechzehnjähriges Leben. Ich opfere es. Alles verschwindet, verkohlt. Tränen steigen mir in die Augen, aber ich kann nichts machen. Alles muss weg, ausradiert werden. Bald bleibt nur noch ein ekliger, glimmender Haufen zurück.

Ein Kerl, der auf dem Rad vorbeifährt, starrt mich an und ruft:

»Was machst du denn da?«

»Würstchen grillen«, antworte ich.

Das kommt direkt aus dem Bauch. »Würstchen grillen.« Mit einer Stimme, die neu, frech und mutig klingt. Eine Rebellenstimme. Sie scheint noch zu groß zu sein, trägt nicht so recht. Ich weiß noch nicht, ob mir das gefällt. Aber jetzt ist es zu spät, ich verlasse das glimmende Grab und radle nach Hause. Alles um mich herum ist frisch und neugeboren. Reingewaschen.

KAPITEL 1

Es ist nicht leicht, ein Klassenzimmer zu betreten, wenn man keine Haut hat. Wenn man rundum neu ist und empfindlich wie eine frisch geschlüpfte Libelle, die Hülle dünner als Seide, wenn man weiß ist wie ein Papier, auf das noch niemand etwas gekritzelt hat, weder Mutter noch Lehrer oder Freunde. Wenn man Schürfwunden kriegt und zu bluten anfängt, sobald einen jemand nur streift, dann kommt man schon ins Zweifeln. Dann holt man tief Luft. Man öffnet ein Loch im Gesicht, das Mund genannt wird, damit das Fruchtwasser herausgedrückt werden kann, und dann fängt man an, etwas Kaltes, Scharfes einzusaugen, das Luft genannt wird, mit kleinen spitzen Kügelchen darin, die Sauerstoff genannt werden und die in der Brust platzen wie Kohlensäurebläschen in der Cola, und dann kippt der Kopf mit der Stirn voran nach vorn und stößt gegen die Tür, die weich und fleischig ist und in alle Richtungen nachgibt, dass es platzt und einen Spalt reißt, und dann wird es leuchtstoffröhrenweiß.

Nur langsam treten Konturen hervor. Formen, die sich im Dunst bewegen, die flüstern, die sich in die eigene Richtung winden und rascheln. Dann ist das erste Kichern zu hören. Ein abgehacktes, flüsterndes Pisskichern, das schnell anwächst und Gesellschaft bekommt. Ein Murmeln aus dem Tal der Todesschatten, die Zombies erwachen mit keuchenden Ventilen. Es riecht nach Tod, der ganze Raum stinkt nach Obduktion und Verwesung, und man fängt schon an, alles zu bereuen, warum ist man nicht umgekehrt, was macht ein neugeborener Menschensohn unter diesen Spermawalen?

Man zwängt sich hinein, so läuft das, man tritt ein Loch in die Welt, und dort hinein presst man seinen Körper. Und diese Mulde, dieser Tubus, wird dich den Rest deines Lebens begleiten. Eine zähe Hülle, gerade mal so groß wie man selbst, die einem folgt, wohin man auch geht, eine eigene kleine Räumlichkeit. Und innerhalb dieser Höhle bestimmt man selbst. Aber der Rest, alles, was außerhalb ist, das ist etwas, über das man keinerlei Kontrolle besitzt.

In der Mittagspause schließe ich mich in eine der Toilettenkabinen ein und tue so, als würde ich scheißen, spüle ab und zu, wenn ich höre, dass jemand herein kommt, und versuche mich auf meine Atmung zu konzentrieren. Es tut so verdammt weh in der Lunge, besonders in dem Bereich, wo das Herz sitzt. Ich höre Stimmen da draußen, jemand redet über den Idioten, der sich blamiert hat, haha, du hast doch bestimmt auch schon davon gehört, was gestern passiert ist, dieser Typ, der es probiert hat, der geglaubt hat, er würde es hinkriegen, ich hab es selbst gesehen, was für eine Flasche, haha, du hättest sein Gesicht sehen sollen, haha, wie er hinterher geguckt hat, ich dachte, der kippt um …

Erst als die Stunde anfängt, husche ich hinaus, und trotzdem, verdammt, als würde ein Dämon alles lenken, geht sie genau in der Sekunde vorbei, ich stoße fast mit ihr und ihren Freundinnen zusammen, sie weichen zurück und glauben, ich hätte das mit Absicht getan, dass ich mich wie eine Hyäne an sie heranschleiche und mich an sie schmeiße, und sie sagt:

»Verpiss dich! Hast du es immer noch nicht kapiert: Du sollst dich verpissen!«

Und die Meute hat uns bereits entdeckt, das Publikum steht da, und der Tratsch ist bereits in vollem Gange, bevor ich noch um die Ecke bin, er hat sich wieder an sie rangemacht, habt ihr das gesehen, der Kerl hat sie auf dem Klo abgepasst, man glaubt es kaum, der muss einen Totalschaden haben.

Es tut verdammt weh, es sich einzugestehen. So wird es bleiben. Mein altes Ich gibt es nicht mehr, ich bin gestorben und ein anderer geworden, aber das interessiert niemanden. Für die ist alles wie vorher. Die Welt ist dieselbe, und keiner merkt, dass ich ausgestiegen bin.

Der muss einen Totalschaden haben.
Du hättest sein Gesicht sehen sollen, haha ...

Nach der Schule ging ich nach Hause und habe mich ins »Büro« gesetzt, wie Mama es nennt. Ich habe kein eigenes Zimmer, weil wir nur in einer Ein-Zimmer-Wohnung leben, aber wir haben alles so eingerichtet, dass wir uns so wenig wie möglich auf die Nerven gehen. Das »Büro« befindet sich in der Küche und besteht aus einem Schreibtisch mit einem uralten Computer, an dem Mama ihre Rechnungen bezahlt, einem Regal mit Ordnern und einem Aktenschränkchen, wo mir die beiden unteren Schubladen gehören. Die Küchentür kann geschlossen werden, wenn der andere Fernsehen guckt, und dort in dem Geruch vom Bratenfett nach dem Essen mache ich normalerweise meine Hausaufgaben für die Schule.

Das heißt: so habe ich es bis jetzt gemacht. Aber nun gibt es nur noch eins: aussteigen. Das Gymnasium links liegen lassen, die Schulbücher ins Altpapier werfen und das Zuchthaus verlassen. Mama wird wahnsinnig werden. Mich einen Sozialfall nennen. Aber lieber ihr Wutausbruch als noch ein einziger Tag mit diesen Erniedrigungen. Gleich morgen werde ich zum Arbeitsamt gehen. Anfangen zu stempeln. Den ganzen Winter mit kaputten Hosen herumlaufen, bestenfalls im Sommer einen Praktikumsplatz bekommen und Friedhöfe harken.

Mir war trübsinnig zu Mute. So hatte es ja nicht kommen sollen. Ich opferte schließlich mein altes Leben, um ein neues zu bekommen.

Ohne große Begeisterung suchte ich eine Tiefkühlpizza heraus und machte sie in der Mikrowelle heiß. Sie schmeckte fade und sinnlos. Warum schmecken tiefgefrorene Pizzen immer nach alten Turnschuhen, während die frischgebackenen aus der Pizzeria so wahnsinnig gut sind? Äußerlich sehen sie vollkommen gleich aus, und sie enthalten die gleichen Zutaten: Schinken, Tomate, Käse und alles andere. Das müssten die Herren Professoren mal untersuchen.

Hinterher war ich nur halb satt, obwohl ich auch noch drei Glas Milch getrunken hatte. Ich schlich zurück ins »Büro« und starrte den dunklen Computerbildschirm an. Scheiß aufs Gymnasium. Aussteigen. Mich in einer Mulde im Wald verstecken und auf die ganze Welt pfeifen. Sabina Stare gab es nicht mehr. Ich musste sie wie ein Pflaster abreißen, wie eine Brandwunde von der Haut kratzen.

Der Gedanke an sie tat so weh, dass ich mich gekrümmt vorbeugen musste. Ich griff nach dem Erstbesten, einem Stift. Fand ein Stück Schmierpapier, ließ beide sich begegnen. Sah, wie die Bleistiftspitze Worte formte:

Sterne aus Blut, wenn die Brust geöffnet wird.

Das kam von ganz allein. Ganz automatisch. Als wäre nicht ich derjenige, der das schrieb, als würde sich der Stift von allein bewegen. Erstaunt las ich die Zeile, immer und immer wieder.

Sterne aus Blut, wenn die Brust geöffnet wird.

Das war eine Nachricht an mich selbst. Doch was bedeutete sie? Dass ich am Herzen operiert werden sollte? Dass ich erschossen werden würde? Oder handelte es von Hoffnung, von einer Art Feuerwerk?

Eine ganze Weile lang saß ich nur da und spürte die Kraft der Worte. Und langsam begriff ich es. Das war ein Gedicht. Das war die erste Zeile eines Gedichts. Aus reinem Zufall hatte ich einen Faden gefunden, an dem ich ziehen konnte. Der Rest des Gedichts war noch in mir, eingewickelt in ein riesenhaftes Wollknäuel.

Ich beugte mich vor, umklammerte den Stift, blinzelte und versuchte es noch einmal:

Fontänen der Ekstase. Von großer Ekstase.
Brennender Ekstase.

Nein. Ich strich es durch.

Zottiger Asphalt auf dem Tier.

Ja, da war es zurück. Jetzt bekam ich es wieder zu packen. Es ging darum, sich nicht anzuspannen, nicht zu viel zu denken.

Zwei Stürme in der Pistole,
durch die Stadt schlängelt sich ein zerborstenes Rohr
auf der Jagd nach Wasser.

Ich legte den Stift hin. Das Gedicht war fertig. Meine Hand zitterte, es prickelte in den Fingerspitzen, als würden sie auftauen, nachdem sie erfroren gewesen waren. Ich las das Gedicht immer und immer wieder. Ganz aufgeregt. Das sagte etwas über mich, was ich selbst nicht wusste. Es erklärte nichts. Und trotzdem war es hundertprozentig wahr.

Im selben Moment kam Mama nach Hause. Schnell versteckte ich den Zettel in der Schreibtischschublade.

»Du hast Pizza gegessen«, sagte sie.

»Ich habe keine Pizza gegessen.«

»Das kann ich riechen. Die war für Samstag gedacht. Das war unsere Samstagspizza, die du da gerade reingestopft hast.«

»Hoppla«, sagte ich.

Was hätte ich sonst sagen sollen.

Meine Mutter, also die Person, die mich einst geboren hat, besteht aus einer Nase. Diese glänzt, ist spitz und hat große Poren. Um die Nase herum befindet sich ein Teig, der Gesicht genannt wird. Der Teig bewegt sich, wenn sie isst. Dann öffnet sich ein Loch im Teig, und ein Rohr führt hinunter zu einem Sack, der Magen genannt wird. Um den Magen herum befindet sich ein warmer, wogender Sack, der Bauch genannt wird. Unterhalb des Bauchs gibt es zwei gebogene Würste, die Beine genannt werden. Sie gehen in platte Hornhaut über, die Füße genannt wird. Unterhalb der Füße gibt es etwas Glänzendes, das man Kunststofffußboden nennt. Da ist meine Mutter zu Ende, und etwas anderes hat angefangen. Etwas, das Wohnung heißt.

Meine Mutter ist nicht Einstein. Ich meine das gar nicht böse, ich sehe das nur als Information an. Sie ist nicht die Schlauste von uns beiden. Ich bin Mama in fast allem überlegen, auch physisch. Ich schlage sie im Armdrücken, im Steinwerfen, im Weitspucken, Balljonglieren, Entfernungen schätzen, in der Lautstärke und beim Computerspiel. Ich bin größer als Mama. Ich scheiße längere Würste.

Seit ich auf dem Gymnasium bin, merke ich immer deutlicher, dass ich meiner Mutter auch intellektuell überlegen bin. Dabei handelt es sich oft um Basiswissen, sie glaubt beispielsweise, dass Afghanistan größer ist als Pakistan. Oder dass der Mensch mehr Gehirnzellen besitzt, als es Sterne im Universum gibt. Sie versteht nichts von Integralen oder Gleichungen zweiten Grades, was wohl auf die Mehrzahl der Bürger unseres Landes zutrifft, aber sie ist außerdem felsenfest davon überzeugt, dass Entgelt mit d geschrieben wird, obwohl ich ihr zum Schluss sogar ein Wörterbuch neben ihren Haferbreiteller gelegt habe.

Und da sieht man eine weitere Eigenschaft meiner Mutter, eine Sturheit, fast zum Verrücktwerden. Selbst wenn ich sie überzeugt habe, wenn ich ihr die Fakten schwarz auf weiß präsentiert habe, kann sie einwenden, dass das Wörterbuch zu alt ist. Ich zeige auf das Jahr der Herausgabe, 1998, unsere Sprache wird sich seitdem wohl kaum besonders verändert haben, aber sie erklärt, das Buch sei ja aus dem letzten Jahrhundert, was in gewisser Weise natürlich stimmt. Und außerdem kann jeder so ein Wörterbuch drucken. Nur weil es in irgendeinem Buch steht, muss es nicht stimmen. Ich erkläre, dass *Svenska Akademiens ordlista* nicht irgendein Buch ist. Da schnappt sie sich das Buch, blättert darin, zeigt auf eine Seite und ruft, dass es ja in Norwegen gedruckt wurde. Stimmt nicht, widerspreche ich. Stimmt wohl, erklärt sie, ob ich vielleicht die norwegische Schreibweise bei uns einführen wolle? Ich hole mir das Buch wieder und lese auf dem Vorsatzblatt *Gedruckt bei AIT Gjøvik AS Norge*. Ich traue meinen Augen nicht. Mama mustert mich triumphierend, während ich die Mitglieder der Schwedischen Akademie wie achtzehn Pisslöcher im Tiefschnee versinken sehe.

Ich bin besser als Mama beim Kreuzworträtsel, bei Sudoku, bei Pincodes und längeren Telefonnummern, bei den Nachnamen von Leuten, den Ministern in der Regierung und bei Automarken. Ich kann ihre beiden festen Lottotippreihen auswendig, während sie selbst sie auf einem Notizzettel in ihrem Portemonnaie aufgeschrieben hat. Ich kann den ganzen Text auf dem Milchkarton auswendig herunterleiern, inklusive Riboflavinanteil und dem Verfallsdatum, bevor sie HALLO SUSSI nur mit Großbuchstaben eintippen kann. Sie findet Amerika reizend, und dann frage ich sie immer, ob sie Nord- oder Süd- oder Zentralamerika meint und ob es die Ausrottung der Indianer, der Irakkrieg, die Hiroshimabombe, die Wasserfolter beim CIA oder die Kunst ist, am meisten CO_2–Ausstoß pro Person in der Welt zu erzeugen, was sie so begeistert. Sie erklärt, dass New York die coolste Stadt der Welt ist. Ich erwidere, dass ich bereits in der dritten Klasse aufgehört habe, das Wort cool zu benutzen. Daraufhin ist sie beleidigt und beugt sich über den Teller. Auf dem liegt eine ungenießbare Masse, die sie als Gesundheitsbrei bezeichnet. Sie hat ihn selbst gekocht, da er laut der grünen Seite im Internet so besonders gesund und ökologisch ist, und hat Schalen, Kleie und Stiele hinzugefügt, bis der Nährwert dasselbe Niveau wie das von Sägespänen erreicht hat. Mamas Haferbrei ist so unverdaulich, dass sie ihn einen halben Tag lang einweichen muss, bevor sie ihn kochen kann, sie isst den Matsch unter lautem Stöhnen und spuckt die Schalenreste aus, sammelt sie auf dem Tellerrand, und noch bevor sie vom Tisch aufsteht, fängt ihr Magen an, zu rumoren und Pupsgase zu erzeugen, und in diesem Zustand macht sie sich hastig auf zur Arbeit.

Was meine Mutter besser kann als ich, das sind die Namen von Arzneimitteln, die Körperteile auf Latein, Knochenbrüche, Wunden, Husten, Ausfluss, Stützverband. Sie kann Blut besser ertragen als ich, sie braucht weniger Schlaf, sie hat mehr Geduld mit anderen Menschen als ich und ihren Terminkalender zwei Monate im Voraus im Kopf, inklusive jede Nachtwache und Wochenendschicht. Sie kann sich Witze besser merken als ich. Sie kann die Kalorien einer Brotscheibe errechnen, indem sie sie nur anguckt. Sie hat einen Führerschein und darf wählen gehen. Sie kann jemanden künstlich beatmen, wenn sie als Erste bei einem Verkehrsunfall eintrifft. Sie kann ohne Nähmaschine nähen und eine abgenutzte Lederjacke mit Hilfe eines schwarzen Filzstifts wieder so auffrischen, dass sie wie neu aussieht.

Aus welchem Grund auch immer gehen wir uns gegenseitig auf die Nerven.

KAPITTEL 2

Morgen. Ein neuer Tag, ein neues Leben. Verschlafen schlurfte ich ins Badezimmer. Ich versuchte zu vergessen, wie ich aussah, versuchte so zu tun, als liefe ich durch die Stadt und sähe eine unbekannte Person das erste Mal. Dann begegnete ich mir im Spiegel.

Stell dir ein Omelett vor. Ein Sechserpack Eier, die du mit dem Holzlöffel verrührst. Beiß von einer Knackwurst ab und spuck den Zipfel in die Mitte. Kräftig pfeffern, schwarze Hautunreinheiten. Kipp zwei starrende Perlzwiebeln, wässrig und leer, hinein. Schneid von einem Haushaltshandschuh einen Finger ab, so ein schlabberiges Lippenetwas, das etwas schief sitzt. Wirf ein paar dicke Preiselbeeren dazu, die scharf anbraten, bis sie zur reifen Akne platzen und anfangen zu tropfen.

Fertig ist mein Aussehen. Mein Werbeplakat.

Gleichzeitig, und das ist schon merkwürdig, erwecke ich keinerlei Aufmerksamkeit. Die Leute sehen mich nicht. Ich bin wie eine hässliche Tapete, ein leerer Teller, den man zur Seite schiebt, der Blick bleibt nicht haften, rutscht ab. Oft merke ich, wie die Leute mich einfach vergessen. Man kann mir eine witzige Begebenheit erzählen, ohne sich daran zu erinnern, dass ich dabei war, als sie passierte. Es ist schwer, so ein Leben zu akzeptieren. Ich würde niemals die Hauptrolle bekommen. Wenn der Film einmal zu Ende sein wird, wird man mich nicht im Abspann finden. »Ein Dank an alle Statisten« wird als Allerletztes in der kleinsten Buchstabengröße stehen. Das war dann die Spur, die ich hinterlasse. Der Applaus gilt anderen. Den Schönen. Den Zufriedenen.

Ich wühlte ziellos in meiner Hälfte des Flurschranks herum. Was meine Kleidung betraf, so war alles kackfarben. Unbegreiflich, dass ich das nicht schon vorher bemerkt hatte. Tag für Tag hatte ich die gleiche Art von dunklen Pullovern angezogen, und wenn einer verschlissen war, hatte ich einen neuen in haargenau demselben Stil gekauft.

Unangenehm berührt warf ich die Schranktür zu und ging in die Küche. Mein Blick fiel auf den Putzschrank. Ich öffnete die Tür und entdeckte das Ekligste, was es in Richtung Kleidung jemals gegeben hat. Es hing dort an einem Haken, ich holte es heraus, befühlte den billigen Polyesterstoff, war kurz vorm Kotzen, als ich das Muster betrachtete. Mamas Putzkittel. Er stammte aus dem Mittelalter, sie hatte ihn von ihrer Mutter geerbt, eine knallgrüne, knielange Angelegenheit aus den Sechzigern mit psychedelischen roten und lilafarbenen Blumen. In der Tasche lagen ein benutztes Taschentuch und ein paar aneinander klebende Putzhandschuhe. Hier und da gab es Flecken, Ausfransungen, kleine Risse, eine Naht, die sich gelöst hatte, so dass lange Fäden heraushingen. Der Kittel war so hässlich, dass er die Grenze zum Hässlichen bereits überschritten hatte und etwas anderes geworden war, ein Schock. Ich würde darin wie ein Zwischending aus einem Verrückten und einem farbenblinden Oberpriester aussehen, und ich wusste, dass keiner in meinem pupsvornehmen Gymnasium jemals in etwas Ähnlichem herumgelaufen war.

Ohne meine Mutter zu wecken, lief ich die Treppen hinunter und blieb in der Haustür stehen. Noch war alles wie immer. Ich konnte weiterhin als mein altes, normales Ich rausgehen, die Maske weitertragen, alle täuschen.

Bei Tageslicht war der Kittel vielleicht sogar noch hässlicher, die reinste Migräneattacke. Mit zitternden Händen zog ich ihn über, knotete den Gürtel in der Taille, konnte den Ajaxgeruch riechen. Dann holte ich dreimal tief Luft, schob die Tür auf und rannte zur Bushaltestelle.

Es war herbstlich kühl, es wehte unangenehm, und die üblichen morgenmüden Verdächtigen warteten schon. Zwei Frauen, ein Papa mit Kinderwagen, die Thailänderin, der Türke und noch ein paar. Merkwürdigerweise reagierte niemand auf meinen Aufzug. Sie froren weiter vor sich hin, unterhielten sich, knirschten mit den Zähnen oder schwiegen, genau wie sie es immer taten. Hinten vom Doppelhaus her sah ich Pålle kommen. Er ging in den Politikkurs ein Jahrgang über mir, ein giraffenähnlicher Loser mit wässrigem Blick, der sich in sinnlosem Wissen suhlte. Mal handelte es sich um die Angriffstaktik von Panzern im Zweiten Weltkrieg, mal um englische Automarken, dann um alte Synthesizer oder um globale Epidemien. Das letzte Mal hatte er davon gelabert, er wolle sich zum zivilen Landesschutz melden.

Pålle wich einen Schritt zurück, als er mich sah, und schlenkerte mit seinem Giraffenhals, als hätte er das Gleichgewicht verloren. Dann schaute er weg. Er hatte den Putzkittel gesehen, soviel stand fest, versuchte aber sein Gesicht zu wahren.

»Ich habe eine englische Homepage gefunden«, legte er los. »Du mailst denen die Musikfiles, die du magst, und dann konvertieren sie sie ins Analoge und pressen eine echte Vinylscheibe. Ist doch super, was, gutes altes schwarzes Vinyl mit Nadelrille und Abstand zwischen den Songs. Und den Umschlag drucken sie auch in dem großen alten LP-Format, ich kann dir die Adresse geben, wenn du willst…«

Zum Glück kam da der vollgestopfte Bus, und ich landete weit weg von ihm, irgendwo im Gang. Der eine oder andere warf dem Putzkittel einen irritierten Blick zu, aber mehr passierte nicht. Vielleicht war es noch zu früh am Morgen, die Leute waren noch zu müde.

Aber als ich im Zentrum in einen anderen Bus stieg, da ging's los. Ein fetter Typ mit Plastiktüte, ganz offensichtlich ein Alki, zwängte sich dicht neben mich, so nahe, dass ich den Gestank seines Morgenbiers riechen konnte. Ich glaube, er wollte mir Angst einjagen. Zuerst wollte ich ihm ausweichen, an einem normalen Tag hätte ich das getan, aber in dem Morgengedränge war das gar nicht möglich. Außerdem hatten die Nächststehenden bereits bemerkt, dass da was los war. Mehrere Schüler meiner Schule flüsterten sich grinsend was zu, und vor denen wollte ich nicht als Feigling dastehen.

»Hö hö, hör mal«, grölte der Kerl, dass alle es hören konnten, »is der Zirkus gekommen?«

Ich starrte ihn an, direkt in seine rotgeäderten Augen.

»Wieso«, erwiderte ich. »Brauchste 'nen Job?«

Kichern von den Umstehenden. Eins zu Null für mich.

»Biste schwul, oder was, sieht man ja, dass du schwul bist, du kleiner Scheißer.«

»Wenn du eine Gelegenheit suchst, musste woanders fragen.«

Wieder Kichern. Unser Publikum wuchs. Der Putzkittel fühlte sich wie eine Schlangenhaut an, wie Gift.

»Ich finde solche wie dich zum Kotzen, hau ab.«

»Hau doch selbst ab.«

»Ne, du sollst verschwinden. Weg hier.«

Der Kerl packte den Putzkittel mit seinen Bierwürstchenfingern und schüttelte mich hin und her. Er war unangenehm stark. Keiner protestierte oder rührte auch nur einen Finger, um mir zu helfen. Der Bus näherte sich einer Haltestelle, und mir wurde klar, dass das meine Chance war. Als der Fahrer bremste und der Saufkopf auf mich fiel, sprang ich schnell zur Seite. Der Kerl fiel weiter, stolperte in die Menschenmenge und donnerte dann schwer zu Boden. Die Plastiktüte ließ ein Glasklirren vernehmen, und ein süßlicher Schnapsgeruch breitete sich aus. Der Fahrer bemerkte den Tumult, zog die Handbremse und stand von seinem Sitz auf. Ich beschloss, den beiden die Diskussion zu überlassen, verließ den Bus durch die Hintertür und spazierte die letzten Stationen entlang zur Schule. Mir war etwas wunderlich zumute. Schwindlig. Vielleicht war es das Adrenalin.

Als ich auf dem Schulhof ankam, merkte ich, dass die Leute reagierten. Zwei Wirtschaftsschüler standen am Eingang, sie verrenkten sich fast den Hals nach mir. Drinnen im Treppenhaus blieben die Leute stehen und japsten nach Luft, ich hörte Pfiffe, Gelächter, einen Ruf, den ich nicht verstand. Mechanisch stapfte ich weiter durch die Flure, als hätte mich jemand aufgezogen, vorbei an morgenmüden Klassen, die darauf warteten, dass der Lehrer kam.

»Guck mal … verdammte Scheiße … hehe … eine Transe … haste deinen Pyjama noch an …?«

Schließlich erreichte ich den Physikraum. Runlert hatte soeben aufgeschlossen, und ich ging mit dem Schülerstrom hinein. Ließ mich ganz hinten auf einen Stuhl fallen und holte meine Bücher heraus. Ruhig und gelassen, nur nichts übertreiben. Thermodynamik. Kapitel vier.

Ich musste der Wahrheit über meine Klassenkameraden in die Augen sehen. Ich musste mein neues Leben ohne Scheuklappen leben, es war an der Zeit, die Wahrheit zu sagen.

Meine Gymnasialklasse besteht zur Hälfte aus Arschgeigen, der Rest sind Idioten. Die Arschgeigen wollen Rechtsanwälte oder Ärzte werden, um Massen an Geld zu verdienen und etwas Schickes auf die Visitenkarte drucken zu können, nicht, um ihren Mitmenschen zu helfen. Sie werden gepuscht von ihren Daddys und Mamis, die locken und drängen, ermuntern und schmieren, damit es ihrer Nachkommenschaft gelingt, den Führerkranz zu übernehmen und als Erste von der Tafel zu nehmen, während die Reste für uns andere übrig bleiben. Die Arschgeigen haben alles, die Arschgeigen stehen nie Schlange, den Arschgeigen wird vorgekauter Kuchen ins Maul geschoben, um sie herum liegen Matratzen für den Fall, dass sie stolpern könnten. Einer Arschgeige kann es nie schlecht gehen im Leben. Was für Versager sie auch sind, es gibt immer jemanden, der hinter ihnen aufräumt. Wenn sie es nicht zum Jurastudium schaffen, weil sie zu blöd oder zu faul sind, dann blechen die alten Herrschaften für eine Ausbildung im Ausland hunderttausend Dollar, und schwups hat man das Papier, das man braucht. Und dann geht es geradewegs in Papas schicke Firma, da besteht kein Risiko, arbeitslos zu werden oder Stipendienschulden abzahlen zu müssen. Ist man reich, so wird man noch reicher, so lautet die Regel im Gesellschaftssystem der Arschgeigen, das sie selbst aufgebaut haben, also kein Wunder, dass es ihnen gut passt.

Die andere Hälfte, das sind die Idioten. Die Idioten sind merkwürdigerweise schlauer als die Arschgeigen. Aber die Idioten wissen, dass die Regeln gegen sie sprechen, dass die Arschgeigen gewinnen werden, egal wie sehr alle anderen auch pauken mögen, dass Idioten im besten Falle immer nur auf Platz zwei gelangen. Aber das finden sie ganz okay. Lieber der Zweite sein als gar nichts, das ist ihre Einstellung zum Leben, und deshalb sind sie Idioten.

Oft wollen sie was im Computerbereich machen, weil sie hoffen, dass die IT-Branche gerechter ist als andere, dass es dort nur darum geht, zu programmieren, zu beraten und schicke Homepages für Großkonzerne zu basteln, und dass derjenige, der am logischsten denken kann, den Job auch kriegt. Oder sie wollen Forscher werden in irgendeinem verstaubten Bereich der Universität, mit eigenem kuscheligen Labor, wo sie mit ihren Reagenzgläsern jonglieren und darauf warten können, bis alle, die älter sind als sie, gestorben sind, um dann selbst Professor zu werden. In den Mittagspausen bequatschen die Idioten Synnöve in der Schulbibliothek, merkwürdige ausländische Fachzeitschriften über Astrophysik oder Biomedizin zu abonnieren, worauf sie nur erwidert, dass die Schulbibliothek sich nur *Teknikens Värld* leisten kann. Die Idioten sind oft genauso arm wie ich, deshalb werden sie nicht so gehasst wie die Arschgeigen. Teilweise tragen sie verwaschene Kleidung, zerfetzte Jeans und billige Synthetikrucksäcke. Sobald sie eine Chance haben, suchen sie im Internet nach einem neuen Molekül, das ein Japaner entdeckt hat, oder ob es den Yankees gelungen ist, den Computerfehler bei der letzten Marslandung zu korrigieren. Es sind Nerds, und in guter alter Nerdmanier finden sie immer andere Nerds mit exakt den gleichen Interessen wie sie selbst, und dann hocken sie mit beschlagenen Brillen auf dem Flurboden und reden über Verschlüsselungsmethoden im Netz. Verdammt, sehen die süß aus, direkt zum Verlieben.

Ein Idiot zu sein, das heißt, sich zu ducken, den Lehrern nach dem Mund zu reden, während das Gesicht nur so von Fett glänzt, oder ein kicherndes, hysterisches Idiotenlachen vom Stapel zu lassen, sobald einer der Arschgeigen einen Witz erzählt. Die Idioten wollen es immer allen recht machen, so stellen sie sich ihr Leben vor, kleine, folgsame Haustierchen, die loslaufen, sobald man einen Stock wirft. Ich kriege eine Gänsehaut von denen. Eine Arschgeige kann ich nie werden, dazu ist meine Mutter zu arm, aber ein Idiot zu werden, das wäre einfach. Ich muss nur aufhören zu kämpfen, innerlich zu brennen. Nur tun, was einem gesagt wird und den Häuptlingen immer gefällig sein. Nein, lieber lege ich mich mit Benzin und einem plattgedrückten Rosenstrauch in eine Mulde und verabschiede mich.

»Warst du in Afrika?«, unterbrach Anselm von der Bank nebenan meine Überlegungen.

»Was?«, fragte ich verständnislos nach.

»Na, dein Hemd! Oder was auch immer das ist.«

Ich starrte ihn verwundert an. Er zeigte auf mich und schüttelte den Kopf. Ich zeigte gleichgültig zurück. Da gab er auf und drehte sich nach vorn. Runlert blätterte in Matrizen in seiner Aktentasche, während er mir nachdenkliche Blicke zuwarf und offenbar etwas Lustiges über mich sagen wollte. Ich starrte intensiv zurück, und das reichte offenbar, dass er seine Meinung änderte. Die Mode der Jugend, hm hm. Vielleicht lieber einfach nichts sagen …

Der Vormittag verging, und der Sturm nahm an Stärke zu. Sobald die Pause begann, fingen die Arschgeigen an zu stänkern:

»Warst du in der Mülltonne?«

»Guck mal, 'n Ufo!«

»Hat die Klapsmühle heute Ausgang?«

Ich verzog keine Miene. Tatsache ist: Ich sagte kein Wort. Stattdessen spürte ich etwas zwischen den Zähnen, ein Stückchen Sehne vom Schinkenbrot am Morgen. Ich stocherte gewissenhaft in meinen Zähnen und hielt das Ergebnis zwischen den Fingerspitzen, dass es alle sehen konnten. Eine kleine weiße Haut.

»Iih, wie eklig!«, riefen einige.

Sorgfältig legte ich sie dann auf meinen Daumennagel, und mit einem schnellen Schnipsen schoss ich sie in die Luft. Wo sie landete, kann ich nicht sagen.

»Scheiße, was bist du für eine Sau! Ich habe es in die Haare gekriegt, nimm das sofort weg …«

Da hielt ich den Daumen hoch. Das Sehnenstückchen klebte noch am Nagel. Ruhig lud ich erneut durch für einen weiteren Schnipsversuch und sah, wie die Arschgeigen in Deckung gingen.

Das Mittagessen wurde noch anstrengender. Zuerst hatte ich überlegt, es einfach zu überspringen, aber das erschien mir zu feige. Die Kantine lag auf der anderen Seite des

Schulhofs, sie hatte ihren eigenen Charme. Zuerst latschte man je nach aktueller Wetterlage über den Hof – Schneesturm, prasselnder Regen oder arktische Kälte, ohne Jacke oder andere schützende Bekleidung, da keiner Lust hatte, sie erst aus dem Schrank herauszuholen. Anschließend stand man in einer sich windenden Schlange, die sich teilweise bis zur Außentür erstreckte und noch ein gutes Stück weiter auf den Asphalt. Langsam wie ein Tausendfüßler arbeitete sich die Schlange vorwärts zu Hackklößchen, den zerkochten Kartoffeln und dem aufgetauten Salat aus grünen Erbsen, Mais und Karotten, der immer noch kleine Eisklümpchen zeigte, und dann wanderte man mit dem Tablett in den Händen fünf Minuten herum, bis endlich ein Stuhl frei wurde und man sich auf den arschwarmen Platz werfen und anfangen konnte, den Fraß in sich hineinzuschaufeln.

Bereits in der Schlange war die Feuerprobe zu bestehen. Ich spürte, wie alle um mich herum einen Schritt von mir Abstand nahmen, so dass ich in einer Luftspalte stand. Sie wollten nicht Gefahr laufen, mich zu berühren. Ich könnte ja eine ansteckende Krankheit haben. Gleichzeitig merkte ich, wie die Leute an den nächststehenden Tischen mich anstarrten. Sie steckten die Köpfe zusammen, ließen Kommentare los, grinsten, zeigten und gestikulierten. Ich hielt sie lieber aus dem Augenwinkel heraus im Blick für den Fall, dass sie zum Angriff übergingen. Den Mündern konnte ich ansehen, wie sie grölten, aber die meisten Kommentare wurden vom Klappern von Hunderten von Tellern und Bestecken verschluckt, so dass ich kaum etwas mitbekam.

»Schwuchtel!«, drang es trotzdem zu mir.

»Hirnkranker.«
»Tunte.«

Irgendwann in grauer Vorzeit erfand der Mensch die Sprache. Man kann sich fragen, warum. Neunundneunzig Prozent der menschlichen Kommunikation könnten durch Laute ersetzt werden. Ich habe Hunger. Gib das her. Geh zur Seite. Warte. Komm her. Hör zu. Ich bin dran.

Die Sprache ähnelt manchmal einem Farbkasten, den niemand benutzt. Es gibt so viele Worte, die niemanden interessieren. Ladenschwengel. Wiesel. Freibeuter. Krapp. Usurpator. Obwohl es sie gibt. Sie liegen alle in ihrem hübschen kleinen Fach, stets bereit. Und was passiert? Die Leute entscheiden sich für die graue Kreide. Immer nur die dicke graue Kreide. Ob man nun froh ist. Oder wütend. Grau, grau, grau. Grobe graue Striche über die ganze Welt, grauer, dreckiger Schlamm.

»Schwuler.«

»Ekel.«

»Tunte.«

»Schwulerekeltunte.«

»Schwulerekeltunteschwulerekeltunteschwulerekeltunte ...«

Immer im Kreis herum, immer und immer wieder. Das erscheint so unglaublich langweilig und traurig, schließlich kostet die Sprache nichts, jeder darf sagen, was er will. Ich bekam direkt Lust, ihnen ein wenig zu helfen:

»Migränesplatter. Putzfrauentaliban. Bilderstürmer. Augenauskratzer. Wandelnde Graffitikotze.«

Ich brodelte geradezu vor Sprache. Die Worte wanden sich, zischten, schlugen wie Fischschwänze in einer Reuse.

Es bildeten sich Regenbogen, wenn ich etwas sagte, Prismen, Flitter, Farbkaskaden. Man musste nur einfach drauf los malen.

Nachdem ich fertig gegessen hatte, blieb ich noch eine ganze Weile sitzen, nur um zu zeigen, dass ich mich nicht um die Gaffer kümmerte. Schließlich hatte ich auf genauso viel Platz Anrecht wie sie. Und ich hatte das Recht, mich so anzuziehen, wie ich wollte. Eine gekochte Kartoffel kam angeflogen und klatschte direkt vor mir auf den Tisch. Weiche Teilchen bespritzten mich. Ich stand ruhig auf, bürstete mich ab, ohne loszubrüllen, es mit Gleichem zu vergelten oder ihnen das Tablett wie eine Frisbeescheibe in ihre fetten Fratzen zu donnern.

Als ich zum Ausgang ging, hörte ich auch etwas Unerwartetes:

»Derb.«

Ich drehte mich um, es war ein Mädchen. Stark geschminkte Augen, die funkelten. Sie war ziemlich klein, hatte spaghettiglatte Haare, die schwarz wie Tinte gefärbt waren, sie trug einen schwarzen Wollpullover, schwarze Hosen, schwarze, schwere Stiefel. Aber ihre Augen waren grün wie die einer Katze.

»Äh?«, murmelte ich.

»Du hast sie aufgeweckt«, sagte sie. »Es klappt.«

Dann drehte sie sich um und ging. Als wollte sie nicht aufdringlich wirken. Ich folgte ihr über den Schulhof und sah, wie sie im K-Trakt verschwand. Eine der Künstler, hätte ich mir doch denken können. Eine von diesen Weichköppen, wie sie von uns im Naturzweig genannt wurden. Fixer oder Müllsäcke waren andere Bezeichnungen. Sie hatte ein wenig blass ausgesehen, dachte ich. Irgendwie zu dünn.

Wahrscheinlich so eine Veganerin, hörte bestimmt Vampirmusik und hatte schwarze Kerzen in ihrem Zimmer. Mein Blick hing ihr noch lange nach, und erst da fiel mir ein, dass ich mich hätte bedanken sollen. Sie war die Einzige, die was kapiert hatte. Die nicht mit den Wölfen geheult hatte.

Nach der letzten Stunde stand ich an meinem Spind und packte den Rucksack. In vielerlei Hinsicht fühlte ich mich zerschlagen. Ich hatte noch nie zuvor an einem einzigen Tag so viel Mist abbekommen. Trotzdem war ich nicht am Boden zerstört. Schließlich hatten sie mich bemerkt. Eine Null zu sein, von allen übersehen zu werden, das war der Tod. Und diese Periode hatte ich hinter mir gelassen. Lieber sollten sie mich hassen. Statt einer Null wollte ich ein Minus werden, eine schwarze, spitze Minusnadel, die sie in ihre fetten Ärsche pikste. So wollte ich leben. Lieber das, als unsichtbar zu scheinen, ein Niemand zu sein, im Leben wie dünne Luft herumzulaufen.

»Du …«

Ich war auf dem Weg zur Bushaltestelle, als mir jemand einen Zettel hinstreckte.

»Der Link. Zu der Vinylseite.«

Es war Pålle. Ich stopfte den Zettel in die Kitteltasche.

»Ach ja, ja, genau.«

»Ist das ein Projekt, was du gerade machst?«, fuhr er fort.

»Ein Projekt?«

»Na, deine Kleidung. Habe ich heute Morgen schon bemerkt.«

»Ach so, das.«

»Aber ich wollte nichts sagen.«

»Ja.«

»Ich hab mir jedoch gedacht, dass du vielleicht gerade ein Projekt machst. Stimmt das?«

»Kann sein«, sagte ich.

»Na, wahrscheinlich willst du nichts drüber sagen. Das ist ja meistens so. Einiges behält man besser für sich.«

Seine Nase glänzte, als wäre sie mit Butter eingeschmiert. Das Haar lag platt und fettig auf dem Schädel und roch nach Eisen. Antirostmittel. Ich wollte ihn möglichst schnell loswerden.

»Man vertraut ja nicht jedem«, lief seine Litanei weiter. »Man muss die Monolithen finden. Kennst du Monolithen? Stell dir einen Vulkan vor, einen feuerspeienden Berg, der riesige Mengen von Lava ausspuckt. Darüber vergehen Millionen von Jahren, und der Lavaberg fängt an zu verwittern. Alles Poröse, was gesprungen ist rundherum, ist zerfallen, und zum Schluss bleibt nur noch der Vulkankern. Der Magmapfeiler selbst da drinnen, ein einsamer harter Turm, der Monolith.«

Ich machte eine zweideutige Geste in der Luft, nur um nicht antworten zu müssen. In dem Moment hielt der Bus und rettete mich.

Daheim auf dem Küchensofa. Mit Stift und Papier. Worum soll es bei meiner Poesie gehen, was ist das Wichtigste, was ich nie vergessen darf?

1. Ehrlichkeit. Weil es nur für mich selbst ist und niemand sonst es lesen soll, kann ich die Wahrheit schreiben. Ich muss mich nicht verstellen. Muss nichts verfälschen oder lügen.

2. Die Worte benutzen, die ich benutzen will. Schwanz. Fotze. Satan. Arsch. Neger. Zigeuner. Detlef. Hure. Aas. Gaga. Scheiße. Kotze. Menstruationsblut. Tuberkulosehustenauswurf. Nasennebenhöhlengrüner Rotz. Fettwanst. Wichser.
Schreibübung in regelmäßigem Abstand: Schreibe wirklich ehrlich alle kranken Gedanken auf, die dir in den Sinn kommen, ganz ohne Zensur, wie wahnsinnig sie auch sind.

3. Gib dir keine Mühe, tüchtig zu sein. Das ist kein Wahlkampf. Das ist keine Stellenbewerbung. Ich kriege kein Zeugnis dafür. Das soll niemand rezensieren. Sollte mein Geschriebenes einem Schulaufsatz ähneln, werde ich eine Ratte in den Arsch ficken, bis sie platzt (Oioi, was für ein Satz, sicher Eins plus).

4. Sei kindisch. Das heißt, einfach. Ja, geradezu dumm. Wenn ich eine Scheibe Brot haben will, dann schreibe ich das. Eine Scheibe mit Tubenkaviar, das wäre gut. Eine Kaviarscheibe mit Kakao, das ist kindisch. Oder zu schreiben, dass ich Fußballprofi werden will. Das schreibt man nicht, wenn man sechzehn geworden ist. Wie etwa: »Ich träume davon, Fußballprofi zu werden, alle auszudribbeln und Weltmeister zu werden.« Oder in wen man verliebt ist. Wie beispielsweise: »Was bin ich verliebt in Sabina Stare, ihr süßes Lächeln, ihr seidenweiches Haar und ihre spitze Brust, ich würde Sabina Stare gern in den Arm nehmen, auch wenn sie mich umbringt, sie festhalten, die Augen schließen und sie küssen, das wäre wie der Himmel für mich.«
Superkindisch. Aber ich traue es mich.

Okay, vier Punkte, das reicht. Sie werden mir helfen, den Mist aus meinem alten Leben wegzukehren. Nichts ist mehr heilig. Alles kann verändert werden. So bin ich heute beispielsweise in einem Putzkittel herumgelaufen und habe Hunderte von Menschen geärgert. Vor nur wenigen Tagen hätte ich mich das niemals getraut. Einige meinen, ich hätte mich blamiert, aber die irren sich. Wenn es anders gewesen wäre, wenn ich es beispielsweise morgens eilig gehabt hätte und das Licht zu trübe gewesen wäre, so dass ich aus Versehen den Kittel angezogen und es erst bemerkt hätte, als alle mich anstarrten, dann hätte ich mich blamiert. Aber wenn man es absichtlich tut, ist es etwas anderes. Dann ist man mutig. Vielleicht ist man auch etwas verrückt, aber in erster Linie ist man mutig.

Soll ich morgen wieder den Kittel anziehen?

Ja, schon möglich.

Aber warum, ich habe es doch schon getan?

Weil es sich immer noch peinlich anfühlt.

Erst wenn es nicht mehr peinlich erscheint, wenn der Kittel ganz selbstverständlich wird, wie jedes andere Kleidungsstück, dann kann ich aufhören?

Ja, dann höre ich auf.

Ich schaute auf die Uhr. Mama würde bald von der Nachmittagsschicht kommen. Es bestand das Risiko, dass sie früher oder später in dem, was ich geschrieben hatte, herumschnüffeln würde. Das durfte nicht passieren. Ich musste ein bombensicheres Versteck finden.

An eine der Schreibtischschubladen war gar nicht zu denken. Sie ließen sich nicht verschließen. Zwischen meiner Unterwäsche? Nein, da wühlte sie herum, wenn sie in die Waschküche wollte. Hinter dem Kühlschrank? Nein, es bestand immer das Risiko, dass sie dahinter sauber machte. Außerdem war es ziemlich schwierig, dort ranzukommen.

Ich schaute mich in der Wohnung um. Musste einen absolut nicht erwartbaren Platz finden. Mein Blick fiel auf ein Bild an der Wand. Sie hatte es auf den Kanarischen Inseln gekauft und mir vor langer, langer Zeit geschenkt, es war ein Bild von Michel aus Lönneberga und dem kleinen Ferkel. Ein Spanier hatte es gemalt, es kamen ja viele Schweden auf die Kanarischen Inseln, der Typ verdiente gerade an Michel richtig gut. Kräftige spanische Farben, und die Birke im Hintergrund sah eher aus wie ein Olivenbaum.

Ich nahm das Bild herunter. Die hintere Pappe konnte man ablösen. In dem Spalt zwischen Pappe und Bild versteckte ich meine Papiere und hängte das Bild dann wieder auf.

Bevor ich einschlief, war es, als leuchtete eine kleine Lampe. Ich hatte überall am Himmel und auf der Erde die Lichter ausgelöscht, aber irgendwo brannte doch noch eins, es gab einen Raum, den ich nicht betreten hatte.

Wir achten auf das, was abweicht, auf das, was sich unterscheidet. Wenn wir vor einem Kieshaufen stehen, und auf dem liegt eine rote Perle, ein einziger winziger roter Punkt in all dem Grau, dann sehen wir die Perle. Oder nehmen wir ein Orchester mit Hunderten von Geigen, Waldhorn und Klarinetten, und dazu ein quakendes Entenküken. So ein winziger Entennervling, der den Schnabel nicht halten kann, den bemerken wir. Oder das Weltall, das Universum, die größte Leere, die wir kennen, wir nennen sie Unendlichkeit, ein ewiges Dunkel um uns herum. Aber es sind die Sterne, die wir sehen, diese minimalen Lichtpunkte.

Als ich mich in das allerhinterste Zimmer vorgetastet habe, um die letzte kleine Lampe auszuschalten, da sitzt sie dort. Das Mädchen mit den grünen Augen. Schwarz gekleidet. Sie ist vollkommen anders als Sabina Stare. Sie ist etwas Besonderes, sie sticht hervor, man bekommt Lust, sie kennen zu lernen. Herauszubekommen, aus welchem Holz sie ist.

»Es hat dir gefallen, was ich gemacht habe«, sage ich.

»Es hat funktioniert.«

»Funktioniert?«

»Ja, du hast sie wachgerüttelt.«

»Soll man sie wachrütteln? Ist das gut? Macht das einen Unterschied?«

Sie kommt näher. Streckt die Hand aus, ihre Fingerspitzen. Aber da beginnt das Bild wie eine Wasseroberfläche zu zittern, während das Licht wegdimmt.

»Warte! Wie heißt du?«

Sie ruft etwas als Antwort. Aber der Ton ist bereits weg, nur ihre Lippen bewegen sich noch. Dann verschwinden auch sie.

Was bleibt, ist nur die Finsternis.

Langsam gleitet der Jüngling in den Schlaf. Noch wissen wir nicht, wie er heißt. Die Muskeln zucken und entspannen sich schließlich, das Kinn fällt auf die Brust, so dass der Mund sich einen Spalt weit öffnet. Bald kommen die Träume. Aber der Junge, er weiß nicht, was ihn erwartet. Der erste Traum wird von Kartoffelpüree handeln. Er watet durch Kartoffelpüree, es reicht ihm bis an die Knie. Und unten im Püree verstecken sich die kleinen Schwanzkneifer. Sie springen unerwartet hoch und kneifen mit aller Kraft in den Schwanz, das tut höllisch weh. Es wird ein Albtraum, oh ja, daran ist nichts zu ändern. Es wird eine anstrengende Nacht. Und sie hat gerade erst angefangen. Eine lange, schreckliche Nacht, voller Finsternis und Leiden.

KAPITEL 3

Nach weiteren drei Tagen im Putzkittel war ich 98-mal Schwuler genannt worden, 61-mal Tunte, 37-mal Idiot, Kommunistenschwein elfmal (von derselben Horde, den Oberklassenfuzzies im dritten Jahrgang), Verrückter achtmal, »Hashid« oder vielleicht auch »ashit« zweimal von einem muslimischen Typen aus der Wirtschaftsklasse, keine Ahnung, was das bedeuten soll, Ufo von einer höhnisch grinsenden Mädchenclique, Scheißhippie, Transe, Ekel, Arschloch von verschiedenen Einzelpersonen sowie Rowdy von einer Alten im Bus, die noch hinzufügte:

»Schneid dir mal die Haare!«

Und das, obwohl die Haare kaum bis zu den Ohren reichen. Ich nehme an, das ist ein Spruch aus den Siebzigern. Nicht ein einziges Mal habe ich etwas erwidert. Im Gegenteil, ich habe keine Miene verzogen. Absolutes Pokerface, Blick in die Ferne, weit weg von unserer kleinen Welt und ihren albernen Irritationen. Ich fühlte mich geradezu göttlich. Jesus würde sicher genauso empfangen werden, wenn er in seinem Hirtenmantel und seinen Sandalen unter uns auftauchte. Die Leute brauchen nicht viel, um sich abzureagieren. Einmal in der Kantinenschlange kriegte ich Rotz von einem Typen ab, einen snusbraunen Rotzfleck auf dem Kittelärmel. Ich ließ ihn dort sitzen. In der folgenden Stunde wies mich Anselm darauf hin, er dachte, ich hätte es nicht bemerkt. Er hätte fast schon ein Stück Haushaltspapier geholt. Ich hielt ihn freundlich, aber bestimmt zurück. Er war ganz verwirrt, verstand es nicht. Der Rotz verschwand im Busgedränge auf der Heimfahrt, einer der Fahrgäste muss es geschafft haben, ihn sich in seine eigene Kleidung zu reiben. Mir war das vollkommen egal. Und da, genau in diesem Moment, begriff ich, dass ich den Kittel nicht mehr brauchte. Zu Hause hängte ich ihn zurück in den Putzschrank und schloss die Tür. Es war etwas geschehen, nicht wahr?

Ja, ich war stärker geworden.

Und falls ich ihn doch wieder brauchte, wusste ich ja, wo er hing.

Diese Schule ist mausetot. Die reinste Grabkammer. Wie zum Teufel halten die Leute das nur aus? Alle latschen immer weiter, murmeln und blinzeln, nur graue Gesichter, schlaff und schlurfend. Alle scheinen es schwer zu haben. Und alle geben sich damit zufrieden, keiner stellt irgendwelche Anforderungen. Ich kann vor mir sehen, wie es weitergeht, ein langer Korridor mit flackernden Leuchtstoffröhren und kahlen Betonwänden, keine Fenster, nur die abgestandene Luft von all den Jahren mit festgelegten Stationen. Drei Mahlzeiten am Tag, einmal Scheißen, zwei Stunden vor dem Fernseher und acht Stunden Schlaf. Tagein, tagaus. Zuerst das Gymnasium, dann die Universität, dann an einem Arbeitsplatz hocken bis zur Rente. Genügt das zum Leben, hat das einen Sinn? Doch, für die meisten offenbar schon. Sie trotten weiter voran in langen Schlangen, lecken jeden Arsch, der sich ihnen bietet, und bewegen sich langsam den Korridor entlang voran, bis sie vor einer Ziegelwand enden, und da kriegen sie einen Schlag auf den Schädel, brechen zusammen und werden auf einem Fließband abtransportiert.

Mama gehört zu diesen Korridorlatschern. Krankenschwester mit schlechten Arbeitszeiten, während die Jahre vergehen und die Falten zulegen. Sie ist so eine Pflanze, die nie blühen durfte, nur jede Menge sperrige Blätter hervorgebracht hat. In regelmäßigen Abständen versucht sie sich zu verändern, so heißt das unter ihren Freundinnen, die genauso unzufrieden und mittelalt sind. Dann starten sie ein Projekt. Letztes Jahr wollte Mama Spanisch lernen. Sie ging zur Volkshochschule, vier-, höchstens fünfmal, dann gab sie wieder auf. Ein anderes Mal ging es um Töpfern, da quoll unsere Wohnung von Tontöpfen und Krügen über, die beim Abwasch nach und nach zerbrachen. Oft geht es ums Gewicht. Mama ist nicht dick, vielleicht ein bisschen rundlich, aber eines Tages beschließt sie, nur noch Früchte zu essen. Morgens, mittags, abends, eine ganze Woche lang dauert die Obstdiät. Mit der Zeit wird ihre Laune immer schlechter, und zum Schluss verschlingt sie einen ganzen Käse und heult. Ein anderes Mal will sie Fisch essen. Nichts anderes mehr. Keine Kartoffeln, keine Sauce, das bekomme ich, aber dann nimmt sie sich doch eine halbe Kartoffel, nur um zu probieren, und dann noch eine und noch eine, bis der ganze Topf leer ist und sie neue kochen muss.

Dann wieder soll ihr Äußeres verändert werden. Blonde Haare, braune Haare, mit Henna gefärbt, Locken, alle halbe Jahr etwas Neues. Manchmal ist es auch die Naturmedizin. Tees, Dampfbäder, Kieselsäure und Pillen. Letztes Jahr wollte sie, dass ich Lebertran schlucke, das nach verrottetem Seehund riecht. Sie versuchte die Tropfen in die Salatsauce zu schmuggeln, gab aber schließlich auf, als ich alles durchs Klo spülte. Dann wieder gibt es Mängel in der Ernährung, die mit Tabletten behoben werden müssen, mit Selen, Antioxidantien oder hämoglobingebundenem Eisen. Auch dagegen habe ich mich gewehrt, obwohl sie mit Krebs gedroht hat.

Einmal hat sie mich gezwungen, Yoga und Atemübungen zu machen. Das war in der Achten, als sie der Meinung war, dass es in der Schule zu schlecht lief, wir mussten eine halbe Stunde früher aufstehen und vor dem Frühstück unsere Übungen absolvieren. Dazu saßen wir jeder auf einer Matte und hörten unsere Mägen knurren, bis ich aufgab und alles hinschmiss. Irgendwann zu der Zeit ging meine Kindheit zu Ende. Sie versuchte mich zurückzuholen, aber ich stellte fest, dass ich stärker war.

Aber am schlimmsten ist es, wenn sie für mich denkt.

»Du machst nichts aus deinem Leben«, behauptet sie dann.

»Ich möchte, dass niemand sonst etwas aus meinem Leben macht«, erwidere ich dann.

»Hast du nicht den Ehrgeiz, etwas aus deinem Leben zu machen?«, fragt sie mit gerunzelter Stirn nach.

»Wenn ich das will, werde ich es schon tun, aber im Augenblick will ich es nicht.«

»Eigentlich solltest du Arzt werden.«

Ich sollte meine Mutter häufiger davor warnen, nicht die Realität aus den Augen zu verlieren. Alle um uns herum sind auf diesen Bluff hereingefallen. Alles ist Theater, nichts ist echt. Bin ich tatsächlich der Einzige, der so denkt, der das Schauspiel durchschaut hat? Bin ich der Einzige auf der Welt, der es begreift? Und trotzdem tue ich nichts. Ich trample in derselben Schlange wie alle anderen vor mich hin, ob nun im Putzkittel oder nicht. Ich gehöre nicht hierher. Wie haben sie mich genannt, ein Ufo? Vielleicht sollte ich die Welt verlassen?

Es war etwas ungewohnt in der Mittagspause, dass niemand mich verhöhnte. Auf dem Weg zurück ins Schulgebäude machte ich einen Umweg, wusste selbst nicht, warum. Kam zum Kunsttrakt und ging hinein.

Eine Saaltür wurde aufgeschlagen, und eine Schar Elstern, Hexen und Bleichgesichter rauschte an mir vorbei. Ich hatte die Kunstschüler schon immer heftig gefunden. Wir von den Naturwissenschaften schauten auf sie hinab, nahmen sie nicht für voll. Die taten immer so künstlerisch und tiefsinnig, aber im Grunde genommen hatten sie nur zu schlechte Noten, um in die normalen Zweige zu kommen. Bei den Kunstschülern, da landete der Abschaum, der Schrott. Dort wurde am meisten geschwänzt. Die Schüler entschieden sich für den Kunstzweig, damit sie etwas zu tun hatten und Stipendien bekamen, aber meistens hingen sie nur am Fahrradständer herum und rauchten, in ihre Lumpen gehüllt, die Haare bis zum Arsch und kiloweise Ringe und Piercingkugeln im Gesicht. Nur ausnahmsweise gingen sie mal zu ihren sogenannten Lektionen, in denen sie Trommel spielten und grölten, dass es in der halben Schule zu hören war, oder sie übten ein sogenanntes Stück, das sicher schon vierzig Jahre alt war, eines über Eheprobleme, und dann zwangen sie den Rest der Schule, es zum Schuljahresende mit zu durchleiden. In Wahrheit verplemperten sie die Gymnasialzeit, keiner von ihnen würde Schauspieler oder Künstler werden. Dazu waren sie zu schlecht und zu faul. Sie brannten nicht. Ein Künstler, der muss glühen, Leidenschaft zeigen, verdammt noch mal. Sie glaubten, es sei mit einem schwarzen Lippenstift oder dem Pulen von Fusseln aus dem Bauchnabel getan. Der Kunstzweig, das war eine Müllhalde für zukünftige Arbeitslose, und sie waren mir scheißegal. Die Einzigen, die ich vielleicht noch in Ordnung fand, das waren ein paar Musiker, maximal ein oder zwei in jedem Jahrgang, die elektrische Gitarre spielen konnten, dass man schon beeindruckt war.

Ich blieb vor dem Schwarzen Brett der Kunstschüler stehen, ein paar Blätter hingen dran. Es waren offensichtlich Gedichte. Handgeschrieben natürlich, keiner von denen war in der Lage, so etwas auszudrucken:

Meine Finger kritzeln an die Zementwand
Meine Lippen schreien in der Nacht
Mein Herz murmelt von den Tränen des Krieges

Haha. Ich musste grinsen. Finger konnten doch nicht kritzeln, sie brauchten einen Filzstift dafür. Und Lippen konnten nicht schreien, das waren nur stumme Fleischfetzen um eine Mundöffnung herum. Und ein murmelndes Herz, welche Sensation, das müsste man ja verdammt noch mal im Zirkus zeigen.

Immer noch grinsend ging ich weiter.

»Na, so was«, hörte ich.

Eine fröhliche Stimme. Etwas verwundert, aber in erster Linie fröhlich. Sie kam viel zu schnell auf mich zu. Ich war überrumpelt, schaltete nicht schnell genug, das Mädchen ging an mir vorbei, bevor ich etwas hatte erwidern können. Und nachdem ich nicht sofort etwas gesagt hatte, war es schon zu spät, ich konnte ihr ja nicht zehn Sekunden später »Hallo« hinterher rufen. Stattdessen ging ich mit meinem Pokerface hölzern weiter meines Weges.

Sie war es gewesen. Das Mädchen mit den grünen Augen. Der der Putzkittel gefallen hatte, die Einzige an der ganzen Schule, die mich nicht angerotzt hatte.

Jetzt dachte sie bestimmt, dass ich eingebildet war. Ich hatte zu langsam reagiert, jetzt war der Patzer passiert. Hätte nicht sein müssen. Aber zu spät, um etwas dran zu ändern. Noch dazu, wo sie eine der Kunstschüler war, obendrein noch eine der Elstern. Mit magerem Gesicht und knochigen Schultern, und dann das schwarz gefärbte Haar, das so künstlich aussah. Aber die Augen waren schön. Oder vielleicht nicht direkt schön, aber außergewöhnlich. Was natürlich auch nur an gefärbten Kontaktlinsen liegen konnte. Aber Hallo hätte ich zumindest sagen können. Scheiße. Jetzt glaubte sie sicher, ich wäre arrogant. Einer der Arschgeigen.

Als ich mir in der großen Pause am Nachmittag etwas zu trinken holen wollte, passierte etwas Ungewöhnliches. Auf halbem Weg kam ich an den Toiletten vorbei und hörte plötzlich drinnen lauten Krach. Ich öffnete die Tür und schaute hinein.

An der Pissrinne stand Pålle. Mit knallrotem Kopf schwenkte er drohend den Handtuchhalter vor sich her. Ihm gegenüber standen Schweinsköpfe aus dem dritten Jahrgang in Angriffsstellung.

»Ich werde dich zerquetschen!«, schrie die Schweinefresse.

»Uuäää!«, johlte Pålle.

»Du Scheißschwuchtel.«

»Oouääääh!«

»Verschwinde von dieser Schule. Fahr zur Hölle!«

»Äääääähh!«

Es war eine Handvoll blöder Typen, typische Arschgeigen. Die ergänzten die Bemerkungen:

»Schwule Sau!«

»Scheißhomo!«

»Falt ihn zusammen!«

Ein Kerl mit nach hinten gegeltem Haar machte plötzlich einen Kickboxausfall. Pålle konnte nicht parieren, wurde hart an der Hüfte getroffen. Man sah seinem Gesicht an, wie weh das tat.

»Noch mal, Ludvig!«

»Mach den Schwuli fertig!«

Pålle war kurz davor, in Panik zu geraten. Die anderen Arschgeigen näherten sich ihm, versuchten ihn einzukreisen.

»Ihr steht im Weg«, sagte ich laut.

Sie warfen mir irritierte Blicke zu.

»Misch dich da nicht ein.«

»Ich muss pissen.«

Die Schweinefresse sah aus, als hätte sie mich am liebsten auch getreten. Schnell zog ich den Reißverschluss auf und ging weiter unbeirrt auf die Bande zu. Sie standen zwischen mir und der Pissrinne. Als wäre es die natürlichste Sache der Welt, zog ich den Pimmel heraus und richtete ihn nach vorn, direkt auf die Meute. Sie waren so verblüfft, dass sie zur Seite wichen. Mit einem zufriedenen Seufzer stellte ich mich an die Metallrinne und ließ es laufen. In der ganzen Verwirrung gelang es Pålle, zur Tür zu kommen. Niemand hielt ihn auf. Fluchend drehte sich die Horde daraufhin zu mir.

»Das ist doch die Vogelscheuche, oder? Erkennt ihr ihn?«

»Ja, die Schwulentranse.«

»Du bist schuld, dass er davongekommen ist«, zischte die Schweinefresse drohend.

»Warum starrst du so auf meinen Pimmel«, erwiderte ich trocken, denn das tat er tatsächlich.

Mit knallrotem Gesicht wandte er sich ab. Ruhig ging ich zum Waschbecken, wusch mir die Hände und sah, dass der Metallbehälter mit den Papierhandtüchern von der Wand gerissen war und jetzt auf dem Boden lag. Mit feuchten Händen drückte ich die Tür auf und trat hinaus auf den Flur.

In der letzten Stunde hatten wir Schwedisch, sie verlief wie immer. Unser Schwedischlehrer, Greger Moberg, war eine rundliche Holzpuppe mit knarrender Stimme, er trug immer nur hellblaue Hemden mit mittelblauer Krawatte oder mittelblaue Hemden mit dunkelblauer Krawatte oder dunkelblaue Hemden mit hellblauer Krawatte, das war seine Art, dem Chaos in der Welt etwas entgegenzusetzen. Vom ersten Tag an hatte ich ihn gehasst und er mich, ein stummer Krieg, den keiner von uns beiden verlieren wollte. Abgesehen von seinem Kleidungsstil gefiel mir auch sein Name nicht. Ein Schwedischlehrer durfte nicht Greger heißen. Das hätten sie ihm bereits in der Ausbildung beibringen sollen – entweder du änderst deinen Namen, oder du wirst so ein Turnkasper. Sportlehrer, die haben solche Faschonamen wie Arnold, Gertrud, Frank oder Kornelia, Werklehrer heißen Tore oder Bengt, Sozialarbeiter heißen

Ibrahim, Sirppa oder Zubeide. Schwedischlehrer könnten Gustaf oder Gunilla heißen, aber niemals Greger.

An diesem Tag sollten wir uns eine Lektüre von Qualität aussuchen, die wir in unserer Freizeit lesen und anschließend vorstellen sollten. Aus den verstaubten Katakomben der Schwedischlehrer hatte Grrreeeeggerrr einen ganzen Bollerwagen voller Bücher herangeschleppt, die alle mit drei Zentimeter dickem Staub bedeckt waren. Ein kurzer Blick genügte, um festzustellen, dass es nur Mist gab. *Herr der Fliegen* von William Golding. *Gösta Berling* von Selma Lagerlöf. *Das Weihnachtsoratorium* von Göran Tunström. *Kallocain* von Karin Boye. Mit leerem Blick suchten sich die Schüler die Bücher aus, die am dünnsten aussahen, und trugen sie auf einer Liste ein. Greger sah mich aufmunternd an.

»Die sind unlesbar«, behauptete ich.

»Jetzt verrätst du dein Unwissen.«

»Nur blöde Autoren. Und außerdem noch tot.«

»Mehrere sind Nobelpreisträger.«

»Der Nobelpreis wird überschätzt«, sagte ich mit dem Brustton der Überzeugung. »Der Nobelpreis ist nur was für Arschlecker, die vor den Mächtigen kriechen.«

»Dann versuch es mal mit Strindberg«, sagte er und hielt *Das rote Zimmer* hoch. »Der hat nie den Nobelpreis gekriegt.«

»Strindberg!«, entrüstete ich mich. »Ein Autor kann doch nicht Strindberg heißen, was soll denn Strind bedeuten? Das ist ein Analphabetswort, ich rühre das Ding nicht an, bevor Sie mir nicht erklären können, was Strind bedeutet.«

Greger schaute mich unsicher an. Jetzt hatte ich ihn.

»Strindberg würde zu dir passen«, nahm er noch einmal Anlauf. »Der Kerl hatte Probleme mit Frauen, landete wegen Beleidigung vor Gericht und war eine Zeitlang geisteskrank.«

Mehrere in der Klasse kicherten höhnisch. Ich hätte ihnen am liebsten den Buchkarren auf die Füße gekippt.

»Ich schreibe besser als diese Moorleichen.«

»Ach, wirklich. Dann zeig uns das.«

»Diese Dichter sind doch nur pathetisch. Sie leben ein sinnloses Leben und schreiben hohle Bücher darüber. Ich kapier nicht, warum wir gezwungen werden, in deren Mülltonnen herumzukramen.«

»Du hast keine Ahnung«, sagte Greger. »Du selbst bist derjenige, der feige ist.«

»Strind«, schnaufte ich. »Strind, das könnten Sie selbst sein.«

»Ein Buch oder keine Benotung. Du hast die Wahl.«

Aha. Da kam endlich die Drohung. Jetzt war es mir gelungen, der Schule die faschistische Fratze herunterzureißen. Gehorsam oder standrechtliche Erschießung. So war das System aufgebaut, aber niemand schien das vor lauter Schwanzwedeln und Kopfnicken zu bemerken. Hier war kein Platz für freie Gedanken.

Demonstrativ schloss ich die Augen, streckte eine Hand vor und wühlte zwischen all den mottenzerfressenen Umschlägen. Nahm das Buch mit zu meiner Bank, ohne draufzuschauen.

»Du musst eintragen, was du ausgeliehen hast«, sagte Greger Moberg.

»*Der Existentialismus ist ein Humanismus*«, las ich. »Jean-Paul Sartre.«

»Na, da hast du ja eine Nuss zu knacken«, lächelte Greger.

Ich entdeckte Sabina Stare an den Schülerspinden. Sie stand ganz hinten im Flur, und ich blieb abrupt stehen. Tat so, als würde ich ganz versunken in meinem Rucksack wühlen, ich konnte einfach nicht weggehen. Es schien, als wären meine Augen verrückt vor Durst, sie mussten sie trinken. Sie trug ihre kurze Lederjacke und ihre engen Jeans, die ihre Taille und ihren festen, knackigen Po betonten, und über den Rücken floss die sonnenblonde Haarpracht, die sie so selbstsicher zur Seite warf. Sie stand so weit entfernt, dass ich nicht viel mehr erkennen konnte. Die Details verwischten sich, und trotzdem fühlte ich mich ihr so nah, es ist schwer zu erklären, ich konnte die roten Lippen sehen, wie sie sich bewegten wie Walderdbeeren, nein, wie Himbeerherzen, ihre verführerischen langen Wimpern, die Lachgrübchen, die Metallkugel in ihrem Ohr, das zierliche Ohrläppchen, das ich am liebsten mit den Lippen berührt hätte, ihre Halslinie hinunter in die Halsgrube, wo sich die weichste Haut des Menschen befindet, die mikroskopisch feinen Härchen, die sich unter dem ersten heißen Kuss aufrichten. Meine Augen füllten sich, sie wollten mehr und immer mehr, und zum Schluss hatte ich das Gefühl, als stünde sie ganz dicht neben mir, nicht einmal eine Armlänge entfernt, so nah, dass ich in sie eintauchen und verschwinden konnte.

Plötzlich bewegte sie sich auf mich zu. Neben ihr ging ein Junge. Es war die Schweinefresse, der Kerl, der Pålle in der Toilette getreten hatte. Ich schnappte mir den Rucksack und verschwand um die Ecke, bevor sie mich entdeckt hatten, mit weichen Knien, mir war fast übel.

Man kann nicht vermeiden, dass es einem schlecht geht, sobald die Liebe ins Spiel kommt.

Wenn es einen Löschknopf gäbe, einen kleinen runden Schalter, auf dem stünde *clear Sabina Stare*, dann hätte ich ihn sofort gedrückt. Und schwups wäre sie aus meinem Leben verschwunden, so wie jede Erinnerung an sie, es wäre, als hätte es sie niemals gegeben. Ich wäre wieder ganz normal. So wie vorher. Und wenn ich sie in der Schule träfe, dann wäre sie ein Mädchen wie alle anderen. Sicher, natürlich etwas hübscher, der Meinung konnte ich ja immer noch sein, aber das wäre auch alles. Der Zauber wäre verschwunden. Der Magnetismus.

Das Schlimmste ist: Wenn man jemanden liebt, dann funktioniert das Gehirn nicht mehr. Ich sehe sie an – zwei Arme und zwei Beine. Eine Kugel in der Mitte, ein Kopf obendrauf. Ein bisschen Haut und Haare, zum Teil von Kleidung verdeckt. Eigentlich gibt es jede Menge Mädchen wie sie allein in unserer kleinen Stadt. Im ganzen Land sicher Hunderttausende. Und auf der gesamten Erdkugel Millionen und Abermillionen süße Mädchen im gleichen Alter. Aber ich habe mich nun mal in diese verbissen. Nein, ich habe mich nicht verbissen, mein Schwanz hat das. Mein Schwanz ist der dümmste Teil meines Körpers überhaupt, in diesem kleinen Schwanzkopf findet man nicht die Spur von Gehirn, und trotzdem lasse ich ihn aussuchen und entscheiden.

»Die will ich haben!«

»Sei still, du Dummkopf.«

»Los, geh hin und stups sie an!«

»Jetzt hältst du aber die Klappe, ich warne dich.«

»Sabina Stare, Sabina Stare!«

»Es gibt Schwanzkloppe, wenn du noch einmal Sabina Stare sagst.«

»Sabina Stare, Sabina Stare, Sabina Stare ...«

»So, das hast du nun davon, da kriegst du einen, und noch einen, und noch, au, au, verdammt ...«

»Sabina Stare, Sabina Stare, Sabina Stare, Sabina Stare, Sabina Stare, Sabina Stare, Sabina Stare ...«

»Hör auf, ich gebe auf. Sabina Stare.«

»Sabina Stare oder der Tod.«

»Ja, ja, ist ja schon gut. Wenn es denn so sein soll.«

KAPUTTEL 4

Am Freitag hatten wir Politik und Gemeinschaftskunde mit dem Thema Geschlechterfragen. Birgith saß am Lehrerpult und stellte die Frage, ob es Männer und Frauen tatsächlich gibt oder ob diese Geschlechtseinteilung nur eine Konstruktion ist. Alle Jungs schwiegen. Alle Mädchen waren der Meinung, das Geschlecht sei nur eine Konstruktion. Mädchen konnten ja genau das Gleiche tun wie Jungs, den K2 besteigen, den ersten Schritt auf den Mars machen oder kickboxen, und Jungs konnten Windeln wechseln, abwaschen und weinen. Genau betrachtet waren wir vollkommen gleich, das Geschlecht war nur eine Art Übereinkunft, die jederzeit verändert werden konnte.

Da bat ich ums Wort. Es gab eine Sache, auf die ich gerne hinweisen wollte, ein kleines, aber dennoch ziemlich wichtiges Ding, das viele verschiedene Namen hatte, das wir hier im Klassenzimmer aber, wie ich vorschlug, als Penis bezeichnen sollten. Ich selbst hatte nämlich auch so einen. Und soweit ich wusste, hatten die Mädchen keinen. Aber wenn ich in diesem Punkt falsch informiert war, dann könnten wir ja gern unsere Hosen runterziehen und nachgucken.

Mehrere Mädchen meinten, ich hätte gar nichts kapiert.

Das sei schon möglich, erwiderte ich. Aber was mich betraf, so hatte ich da so einen fleischigen Auswuchs, man könnte ihn mit einem kleinen Schwanz vergleichen. Der ragte aus dem Körper heraus, wurde auch Schwanz oder Pimmel genannt, und nach allem, was ich gehört hatte, fehlte den Mädchen so etwas. Sie hatten ganz einfach keinen.

Die Wut der Mädchen stieg an. Aber ich erläuterte nur ruhig weiter meinen Standpunkt. Dieses Schwänzchen, was ich da hatte, das konnte man auch mit einer Karotte vergleichen. Aber bei den Frauen hatte man anscheinend diese Karotte abgeschnitten, da war stattdessen ein Loch. Und wenn wir nur Konstruktionen waren, dann war ich der Meinung, dass bei ihrer Konstruktion etwas fehlte, ein Baustein, den jemand vergessen hatte hinzuzufügen. Wenn die Mädchen also genauso sein wollten wie die Jungs, dann war das für mich vollkommen in Ordnung, sie konnten sich beispielsweise etwas da unten umschnallen. Ein Würstchen an einem Gürtel zum Beispiel. Oder eine kleine Gurke.

Zu diesem Zeitpunkt schrien die Mädchen nur noch. Eine warf eine Haarspange nach mir, sie waren so wütend, dass sie schwitzten und bebten. Aber ich erklärte seelenruhig weiter, dass es einfach toll war, im Stehen zu pissen, und dass ich gut verstand, dass Sitzpinkler neidisch auf Stehpinkler waren. Birgith versuchte die Mädchen zu beruhigen, forderte sie auf, nacheinander zu sprechen, aber dazu war es zu spät, es kam zum Tumult, ich habe die Mädchen noch nie so wütend gesehen, während die Jungs wie vor Schreck erstarrt dasaßen. Ich führte das mit dem Penisneid dann weiter aus, aber es gab niemanden, der mir noch zuhörte, es herrschte das reine Chaos, ich hörte Schimpfworte, von denen ich gar nicht wusste, dass Mädchen über sie verfügten, es war ein ohrenbetäubender Lärm, verursacht von all den Penislosen.

Ich habe selten so eine lustige Unterrichtsstunde erlebt.

Am Freitagnachmittag war es Zeit für Rolands Halbjahresbesuch. Es war das übliche Ritual. Zuerst stritten Mama und er sich um Geld. Dann ging ich mit ihm in die Pizzeria, wo ich mir eine Pizza aussuchen durfte, ganz gleich, welche, nur die Bearnaise spezial, die war zu teuer. Ich nahm eine Vesuvio. Er schaute mir beim Essen zu, er selbst nippte nur ab und zu an einer Tasse Kaffee, ohne sie auszutrinken. Hin und wieder ließ er irgendeinen Kommentar ab, dem nicht zu widersprechen war, er wurde geradezu in die Luft abgefeuert, hatte absolut nichts mit mir, der Pizzeria oder allem, was unsere Situation in diesem Moment betraf, zu tun, wie beispielsweise:

»Diese Politiker leben doch nur auf Kosten von uns einfachen Bürgern.«

»Die Krise der Nationalmannschaft liegt allein an ihrem bescheuerten 4-2-3-1-System.«

»Wenn dich jemand schlägt, dann musst du noch härter zurückschlagen, es ist wichtig, dass es dem anderen weher tut als dir.«

»Bei einem Gebrauchtwagen musst du immer die Bremsbeläge überprüfen. Wenn sie gerade erst ausgewechselt wurden, dann kannst du einen drauf lassen, dass der Wagen ein Schwarztaxi ist, das dreimal so viel gefahren ist, als der Tacho zeigt.«

»Auf Frauen darfst du dich nie verlassen, erst recht nicht, wenn sie weiblichen Geschlechts sind.«

Nach dem letzten Satz lachte er freudlos und fing an,

schlecht über Mama zu reden. Über ihre Launen, dass sie bösartig war und nie zuhörte.

Dass sie immer glaubte, sie könnte alles besser, dass sie tratschte, dass man Blasen an den Ohren bekam.

Als ich jünger war, hatte ich meine Mutter immer verteidigt, aber dann konnte er stundenlang sitzen bleiben und Ungerechtigkeiten aufzählen, die ihm widerfahren waren, kurz bevor und nachdem ich geboren worden war. Da war es besser, nur zu gucken und zu brummen. Meinen Vater zu treffen, das war wie ein Beratungsgespräch in der Mittelstufe, man saß die Zeit ab und versuchte, an etwas anderes zu denken. Das Wichtigste war, dass er zufrieden war. Glücklicherweise wurden seine Besuche immer seltener, und im Laufe der Jahre hatte ich die gesamte Pizzaliste durchprobiert, alle bis auf die Bearnaise-Pizza, von der Roland der Meinung war, dass sie zu wenig fürs Geld bot.

»Na, hier ist ja auch nicht gerade der Bär los«, sagte er zu mir zum Abschluss und gab mir einen kräftigen Handschlag, bevor er zum Auto eilte.

Manchmal erinnerte er mich daran, mir seine wichtigen Aussagen auch gut zu merken. Sie handelten nämlich vom Leben, vom richtigen Leben, wie es ganz normale Menschen lebten. Wenn ich eines Tages selbst erwachsen war, dann würde ich schon noch sehen, wie viel Lebensweisheit in ihnen steckte.

Ich blieb mit einem Kräuterkrümel zwischen den Vorderzähnen sitzen – vom Salat, den es zur Pizza gegeben hatte. Trank meinen Apfelsaft aus, und dann war das Ganze vorbei.

»Hast du Geld gekriegt?«, fragte Mama hinterher. »Hat er dir Geld gegeben?«

»Nein.«

»Das Schwein.«

Dann wollte sie, dass ich schlecht über Roland rede. Seine Launen, dass er bösartig war und nie zuhörte.

Es war mir absolut unmöglich, mir vorzustellen, dass die beiden zumindest einmal vollkommen freiwillig, ja vielleicht sogar liebevoll, etwas getan haben sollten, aus dem ich dann hervorgegangen war.

Samstagmorgen in der Wohnung. Am Frühstückstisch. Mutter und Teenagersohn frühstücken gemeinsam.

Mama möchte am liebsten ihre Ruhe, hat aber das Gefühl, sie sollte sich um ihren Sohn kümmern. Sohn möchte am liebsten seine Ruhe, will aber keinen Streit.

MAMA: Was wollen wir heute machen?

SOHN: Weiß nicht.

MAMA: Ich hab gedacht, wir könnten etwas richtig Supertolles machen, pielipieli oder so.

SOHN: Ich verstehe die Sprache des neunzehnten Jahrhunderts nicht.

MAMA: Vielleicht im Wald spazieren gehen? Den Herbstduft spüren.

SOHN: Kannst du machen.

MAMA: Aber mein Junge, wir machen so selten etwas zusammen.

SOHN: Ich habe mir beim Sport den Fuß verstaucht.

MAMA: Das hast du mir ja gar nicht erzählt, lass mal sehen.

SOHN: Na, vielleicht nicht direkt verstaucht, nur umgeknickt.

MAMA: Und tut es weh? Jetzt? Oder jetzt …?

SOHN: Du kitzelst mich, Mama.

MAMA: Na, wir können ja auch zu Hause bleiben. Etwas spielen.

SOHN: Wäre nicht schlecht, aber …

MAMA: Wir könnten Karten spielen. Wie früher, das hast du immer so gern gemacht.

SOHN: Na, in erster Linie warst du es, die das so gern mochte.

MAMA: Du konntest stundenlang Karten spielen.

SOHN: Wir schreiben nächste Woche eine Arbeit in Chemie.

MAMA: Musst du schon am Wochenende dafür lernen?

SOHN: Ja. *(Seufzer.)*

MAMA: Ach so. *(Seufzer.)*

SOHN: Aber ist nicht so schlimm. Geh du nur in den Wald.

MAMA: Heute Abend wollte ich ausgehen. Nur dass du es weißt.

SOHN: Dann kommst du erst spät nach Hause?

MAMA: Vielleicht bringe ich jemanden mit.

SOHN: Mhm.

MAMA: Ja, du verstehst schon. Das ist doch okay, oder?

SOHN: Ihr habt ja das Schlafzimmer.

MAMA: Mein Gott, ich habe nicht gemeint, dass wir … ich dachte nur, wenn du Stimmen hörst. Wenn ich in der Küche sitze und mit jemandem spreche, dann weißt du …

Mama wird rot und versteckt sich hinter ihrem Saftglas. Sohn will das Thema wechseln, ihm fällt aber nichts ein.

MAMA: Nun ja, dann verschwinde ich jetzt mal ins Badezimmer.

Mama verschwindet von der Bühne. Sohn bleibt sitzen und wippt nervös mit seinem »verstauchten« Fuß.

Nach dem Badezimmerbesuch hatte Mama ein schlechtes Gewissen und beschloss, zu Hause zu bleiben und mir Gesellschaft zu leisten. Ich war also gezwungen, die Chemiebücher herauszuholen, während sie mit Tee und einer Scheibe Brot ankam.

»Was ist ein ›Mol‹?«, wollte sie wissen.

»Eine gewisse Anzahl an Atomen oder Molekülen. Genauer gesagt 6,023 mal 10^{23}.«

»Müsst ihr das auswendig wissen?«

»Das ist nicht so schwer.«

»Ärzte müssen auch ein gutes Gedächtnis haben. Howard auf meiner Arbeit, der weiß den Namen von jedem Knochen im Körper. Auf Latein.«

»Kann ein Arzt Howard heißen?«

»Er ist Waliser, bei ihm kann ich auf alles zeigen, was ich will. Du weißt, es gibt 206 Knochen im menschlichen Körper. Allein in deiner Hand sind es 27.«

»Ist das der Mann, den du heute Abend zu dir einladen willst?«

»Vielleicht hat er ja gar keine Zeit, ich habe mich noch nicht getraut, ihn zu fragen …«

Wieder errötete sie.

»Und du?«, warf sie den Ball zurück und wandte sich ab.

»Ich muss lernen, Mama.«

»Du könntest ja auch jemand zu dir nach Hause einladen. Wenn du willst, meine ich. Denn deine Mutter ist dir doch wohl nicht peinlich, oder …«

Das würde ein langer Nachmittag werden. Ich schlürfte

Tee und Saft, während sie versuchte, in meinem Privatleben herumzuwühlen. Bald würde sie sicher wieder eine Vorlesung über Präventionsmittel halten. Als Krankenschwester hatte sie viele eklig tropfende Unterleiber gesehen, und bereits in der Mittelstufe hatte sie mir ein Zehnerpack gegeben. Eines der Gummis hatte ich heimlich auf der Toilette ausprobiert, mit das Peinlichste, was ich je erlebt hatte.

Zuerst kriegte ich es nicht drüber, dann klopfte Mama an die Tür und wollte unbedingt etwas von mir in meinem Lümmeltütengeruch, und ich versteckte schnell das Päckchen in der Unterhose und sprühte mit Haarspray um mich herum. In meiner Schreibtischschublade lagen jetzt noch neun, mit abgelaufenem Haltbarkeitsstempel.

»Ich bin Krankenpflegerin, du brauchst also keine Scheu zu haben, das ist dir doch wohl klar. Ich habe schon alles gesehen, was es am Körper gibt, als ich auf der Notaufnahme gearbeitet habe, von vorn und von hinten, und auch einiges, was drinnen steckt. Und ich habe gelernt, wie wichtig es ist, sich zu schützen, besonders die Jugendlichen. Wer denkt schon, dass dieses niedliche Mädchen einen anstecken kann, es sind nicht nur die Junkies oder Prostituierten, die ...«

Plötzlich klingelte das Telefon. Mama ging auf den Flur und nahm ab.

»Hallo? Ja, das ist er ... Nein, ich denke nicht, er hat sich den Fuß verstaucht.«

Sie kam mit dem schnurlosen Apparat herein.

»Da ist einer, der nach dir fragt. Pålle heißt er.«

KNAPITTEL 5

Der Wald war dicht wie ein Dschungel, voll mit Gestrüpp zu beiden Seiten des Wegs, man konnte nur ein paar Meter hineingucken. Es roch nach Ameisenhaufen und vermodertem Herbstgras, verrotteten Pilzen, scharfem Gegorenem. Pålle fuhr mit dem Rad vor mir her, ohne sich umzuschauen. Ich versuchte mir die kleinen Wege und Pfade, die wir entlang fuhren einzuprägen, wollte allein nach Hause finden können, falls das nötig sein sollte.

Pålle hatte etwas an sich, was mir vorher noch nie aufgefallen war. Der Nerd war verschwunden, stattdessen zeigte sich eine schweigsame Selbstsicherheit. Er schien im Wald zu Hause zu sein. Er trug eine abgetragene Militärhose im Camouflagemuster und einen breiten Gürtel, an dem ein Hornmesser baumelte.

»Wohin wollen wir?«, rief ich.

Er zeigte nur nach vorn. Kein Gequatsche über langweilige Homepages mit Vinylplatten mehr, keinerlei Nervosität.

»Wie geht's dem Fuß?«, wollte er wissen.

»Kein Problem.«

Mama hatte einen Stützverband drum gewickelt, bevor sie mich laufen ließ, ich hatte mich nicht getraut zu protestieren. Außerdem wollte sie mir noch ihr Handy leihen, weil mein eigenes kaputt war, aber das hatte ich abgelehnt. Jetzt war ich hier draußen in der Wildnis allein mit einem mit einem Messer bewaffneten Fremden.

Der Weg verzweigte sich wieder einmal, und ich versuchte ihn mir zu merken. Von der großen Straße war es rechts abgegangen, dann links, noch mal links, immer geradeaus und dann rechts … oder waren wir vorher nicht noch einmal rechts abgebogen? Verdammt. Schweiß lief mir den Rücken hinunter, ich versuchte mir einzuprägen, wie die Natur hier aussah. Das Gebüsch war in halbhohen Nadelwald übergegangen, ungepflegt und dicht wie eine Wand. Ging man dort hinein, konnte man verschwinden. Wäre für ewig verschluckt.

»Und du hältst über alles die Schnauze«, sagte Pålle plötzlich.

Er bremste. Ich kam neben ihm zum Halten und lauschte. Nur Nadelrauschen. Tannennadelteppich auf dem Boden.

»Schnauze, kapiert!«, wiederholte er.

»Klaro.«

»Du musst es schwören.«

Er starrte mich an. Auf dem Kopf trug er eine abgewetzte Käppi mit Ölflecken, als wäre er damit unter ein Auto gekrochen. Mir wurde klar, dass er es ernst meinte.

»Ich werde schweigen, Pålle. Kein Sterbenswörtchen. Du kannst dich auf mich verlassen.«

Er nickte und beruhigte sich. Dann zeigte sich langsam ein Lächeln auf seinem Gesicht.

»Guck dich um«, forderte er mich auf.

Ich tat, wie er gesagt hatte. Nichts.

»Wald«, sagte ich.

»Falsch.«

»Wald und Waldweg.«

»Haha.«

Pålle stieg von seinem Fahrrad ab.

»Den Pfad da«, sagte er. »Siehst du ihn nicht?«

Ich musterte meine Umgebung, so genau ich nur konnte.

»Es gibt keinen Pfad.«

»Nimm dein Fahrrad mit. Wenn du es hier lässt, könnte es jemand sehen.«

Ich schob es hinter Pålle her.

»Scheiße, heb es hoch. Du darfst nicht die geringste Spur hinterlassen. Häng es dir über die Schulter und pass auf, wo du hintrittst.«

Tastend verließen wir den Weg und zwängten uns durch die Nadelzweige. Sie standen dicht an dicht, scharfe Zweige bürsteten uns. Ein Stück weiter im Wald wurde es einfacher zu gehen, und auf der Erde konnte ich jetzt die Andeutung eines Wegs erkennen. Hin und wieder blieb Pålle stehen und lauschte angespannt, als fürchtete er, jemand könnte uns verfolgen. Aber nach ein paar atemlosen Sekunden ging er weiter.

Bald stieg das Gelände zu einem kleinen Hügel an. Pålle folgte der Anhöhe und ging um einen Vorsprung herum. Plötzlich standen wir vor einer Tür. Es war vollkommen unwirklich. Eine grün gestrichene Tür, die direkt in den Berg hinein führte. Pålle holte einen Schlüssel heraus, der in einer Astgabel versteckt gewesen war, und schloss auf. Wir manövrierten unsere Räder hinein, und Pålle zog die Tür hinter uns wieder zu. Schweres Metall rasselte. Dunkelheit umgab uns ganz und gar, und als ich die Augen schloss, war kein Unterschied zu bemerken. Es war so schwarz, dass mir schwindlig wurde, es gab kein

Oben und kein Unten. Ich hatte das Gefühl, im Raum zu schweben. Ich hörte, wie Pålle in seinen Taschen wühlte, aber er fand die Taschenlampe nicht.

»So ein Mist. Komm mit«, flüsterte er.

Ich trottete den Geräuschen hinterher. Das Bergesinnere war kalt und roch nach nacktem Beton, die Finger fanden eine raue Wand. Die Geräusche von Pålle schienen aus weiter Ferne zu kommen, und dann stieß ich mir auch noch einen Zeh an einem Vorsprung. Eine Eisenleiter führte steil hinunter. Pålle war bereits ein ganzes Stück weit unter mir zu hören, und ich spürte, wie meine Panik wuchs. Wenn er nun verschwand. Allein würde ich hier nie wieder herausfinden. Eingesperrt in diesem Grab würde ich langsam verhungern. Würde verrückt werden, wahnsinnig, mit dem Kopf gegen die Steinwände schlagen …

»Pålle …?«

Ein kaum erkennbares graues Viereck. Eine Art Öffnung. Ich duckte mich und gelangte in eine große Grotte. Es war nicht mehr stockfinster. Ich konnte gerundete Wände erahnen und Pålle sehen, der oben an der Decke an einem quietschenden Metallrost herumschraubte. Das Licht wurde Stück für Stück heller.

»Die Lüftung …«

Während Pålle von der Eisenleiter heruntersprang, schaute ich mich um. Im Dunkel konnte ich jetzt Gegenstände erahnen, Schatten, Kartons. Er zeigte mir, wo ich mich hinsetzen konnte, es gab eine alte Schaumgummimatratze. Pålle ließ sich neben mir niedersinken, er fand eine Streichholzschachtel und zündete einen Kerzenstummel auf dem Boden an. Der grelle Schein zwang mich zu blinzeln, bis sich die Augen daran gewöhnt hatten.

»Unglaublich«, flüsterte ich.

»Findest du?«

»Ja, Scheiße, Mann, das ist so unwirklich!«

»Ich wusste, dass du der Richtige bist«, sagte Pålle stolz.

»Hier findet dich niemand.«

»Guck mal.«

Pålle öffnete einen der Kartons. Drinnen befanden sich Unmengen von Konserven. Erbsensuppe, Hackfleischsoße, Ravioli, weiße Bohnen.

»Futter für einen Monat. Oder zwei, wenn man richtig geizig ist. Falls es eine Krise gibt.«

»Hast du das alles selbst …?«

»Ich habe alles hierher geschafft. Es gibt Decken und Matratzen, Wasserkanister, was zu essen, Streichhölzer, Wärmelampen. Fehlt nur noch ein Petroleumofen.«

»Aber der ist doch bestimmt zu teuer, oder?«

»Den braucht man aber im Winter. Mit dem kannst du hier drinnen heizen, Rauch würde dich ersticken. Ein Ofen und ein paar hundert Liter Petroleum, das ist mein nächstes Projekt. Und noch mehr Konserven.«

»Aber wozu?«

Pålle zögerte mit der Antwort. Er wiegte sich leicht hin und her.

»Falls etwas passiert.«

»Was soll denn passieren?«

»Guckst du nie Nachrichten? Es kann ganz schnell gehen. Alles kann jeden Moment zusammenbrechen.«

»Ja?«

»Guck dich doch nur um. Was siehst du da draußen?«

»Menschen.«

»Ja, und was hältst du von ihnen? Gefallen sie dir?«

»Meistens nicht.«

»Man muss sich nur umschauen. Die Augen öffnen.«

»Du glaubst, die Welt geht vor die Hunde?«

Pålle lachte bitter.

»Lass es mich mal so sagen. Wenn nichts passiert, dann leben wir so weiter wie bisher. Reißen das volle Programm ab, Gymnasium, Hochschule und dann Villa, Volvo und Wauwau. Aber wenn es nun knallt. Wenn es wirklich explodiert. Dann verbringe ich ein Jahr hier, bis sich alles wieder beruhigt hat.«

»Aber … wer hat das hier denn gebaut?«

»Das Militär. Vater ist beim Heimatschutz, daher habe ich den Schlüssel.«

»Und wenn das Militär dich auffliegen lässt?«

»Liest du keine Zeitungen? Die rüsten doch ab, und solche Bunker wie dieser, die gehören in die Steinzeit. Die sind während des Kalten Krieges gebaut worden, die sind inzwischen vergessen.«

»Dann meinst du nicht, dass jemand anderes hierher kommen könnte?«

»Da kommt niemand mehr her. Das ist doch der Witz an der Sache. Kapierst du, das hier ist ein Ort, wo keiner stört. Hier gelten keine Regeln und Gesetze, nur meine eigenen. Ich bin es, der hier bestimmt, nur ich.«

Er klang sonderbar ruhig, als er das sagte, er muss lange darüber nachgedacht haben. Mit geübtem Griff fischte er eine Dose mit Würstchen heraus, öffnete sie mit dem Dosenöffner und hielt sie über die Kerzenflamme.

»Auf dem Petroleumofen können wir Essen kochen, aber bis dahin müssen wir improvisieren.«

Mir fiel auf, dass er *wir* gesagt hatte. Pålle und ich.

»Und warum zeigst du mir das alles?«

»Du bist nicht wie die anderen.«

»Mhm …«

»Ich habe dich beobachtet. Dich genau studiert. Du gehst deine eigenen Wege, wie mit diesem Kittel da. Und außerdem hast du mir auf dem Klo gegen diese Schwachköpfe geholfen.«

»Ich nenne sie die Arschgeigen. Man kann die gesamte Menschheit in Arschgeigen und Idioten aufteilen.«

Pålle musste lachen, dass die Würstchendose überschwappte. Er reichte mir eine lauwarme Wurst, die ich aß.

»Arschgeigen und Idioten, haha, und als was bezeichnest du mich dann?«

»Als Ufo.«

»Aus dem fernen Weltraum. Ja, das ist in Ordnung.«

»Ein paar Mädchen haben mich Ufo genannt.«

»Scheiß drauf. Uns können diese Dummbeutel doch egal sein.«

»Genau.«

»Das Wichtigste ist: überleben. Stell dir vor, wenn uns ein Asteroid trifft. Aus dem Weltraum. Peng, der Superknall aller Zeiten, dass die Staubwolke das Sonnenlicht verdeckt und es ein Jahr lang nur Winter gibt. Stell dir das vor, ein ganzes Jahr auf der Erde ohne Sonne. Die Pflanzen werden sterben, genau wie das Plankton im Meer, die meisten Tiere und Fische auch. Ganz zu schweigen von den Menschen. Ich habe so ein Computerspiel zu Hause, neunundneunzig Prozent der Menschheit sind innerhalb weniger Wochen außer Gefecht gesetzt. Und der Rest bringt sich gegenseitig im Kampf um die letzten Essensreste um. So sind die Dinosaurier ausgerottet worden, das ist damals passiert.

Aber wir, wir brauchen nur hier im Bunker abzuwarten. Ein Jahr mit Konserven und geschmolzenem Schnee, den wir trinken, und Wärme vom Petroleumofen. Vielleicht zwei Jahre, wenn man richtig für Vorrat sorgt. Und zum Schluss reißt die Staubwolke auseinander, und die Sonne erreicht wieder den Boden, der Schnee schmilzt, und dann sprießen die ersten Knospen. Ich kann direkt vor mir sehen, wie ich aus dem Bunker rausgehe. Frühmorgens. Wie ich das Rad aufpumpe und in Richtung Stadt losstrampele. Aber es gibt keine Stadt mehr. Alles ist schwarz, niedergebrannt. Es gibt gar nichts mehr.«

»Und was machst du dann?«

Pålle richtete seinen Blick zögernd in eine imaginäre Ferne.

»Ich fahre auf dem Rad wieder hierher zurück. Und lege eine Vinylscheibe auf. Ich werde einen batteriebetriebenen Plattenspieler organisieren, ich lege The Clash auf, *London Calling…*«

Wir teilten uns die letzten Würstchen. Pålle drehte den Verschluss eines der Kanister auf, und wir tranken von dem nach Plastik riechenden Wasser.

»Was war da eigentlich in dem Schulklo los?«, wollte ich wissen.

»Das war super, dass du sie da reingelegt hast.«

»Aber warum waren sie so wütend?«

»Keine Ahnung.«

»Sie haben die ganze Zeit ›Schwuler‹ geschrien.«

Pålle gab keine Antwort. Stattdessen lauschte er.

»Licht aus!«

Ich blies den Kerzenstummel aus. Alles war dunkel und still.

Oder schlich da jemand draußen herum? Leises Kratzen. Gemischt mit dem kaum hörbaren Rascheln unserer eigenen Kleidung, während wir atmeten. Erst nach einer ganzen Weile regte Pålle sich wieder auf der Matratze.

»Dir ist doch wohl klar, dass kein Mensch auf der ganzen Welt von dem hier etwas erfahren darf.«

»Ich werde keinen Pieps sagen.«

»Ich muss mich auf dich verlassen können.«

»Hundertpro.«

»Wenn es sein muss, werde ich diesen Ort hier mit meinem eigenen Blut verteidigen.«

»Lieber sterbe ich, als etwas zu sagen. Die müssen mich schon umbringen.«

Erst bei diesen Worten beruhigte er sich wieder. Überraschenderweise spürte ich seine Fingerspitzen im Nacken. Vorsichtig zupfte er an meinen Haaren. Die Berührung war so federleicht, das ich sie kaum spürte. Kleine Kreise, ein Zittern, ein lang anhaltendes Schaudern lief den Rücken hinunter.

»Nicht wir sind es, die sterben werden«, flüsterte er. »Wir nicht …«

KATIPPEL 6

Als ich zu Hause ankam, war es bereits Abend. Mama war auf und davon, das Badezimmer duftete nach ihrem Ausgehparfüm. Auf dem Küchentisch lag ein Zettel: »Mach dir die Karottensuppe heiß.« Mama hatte vor einer Weile einen Vortrag gehört, und jetzt befand sie sich in einer Gemüsephase. Ich wärmte die Karottensuppe in der Mikrowelle auf. Schaufelte sie wie ein Kaninchen in mich hinein. Sie machte nicht satt. Es waren noch fünf Scheiben Brot nötig, bevor der Magen endlich aufhörte zu jammern. Ich schaltete den Fernseher ein, zappte mich durch die Privatsender und glotzte auf die Scheibe, ohne wirklich hinzusehen.

Das hatte ich alles schon mal gesehen. Sex und Geld, flimmernde Werbung. Die Brotscheiben schwollen in mir an, der Bauch wurde voller und voller. Schließlich kam ein Rülpser. Ein brennendes Gefühl, die Magensäure. Die Bauchdecke spannte sich wie ein Luftballon, kauft Shampoo, kauft Chips, kauft BMW, Babywindeln, Binden mit blauem Blut …

Das Zwerchfell zog sich zusammen. Ich lief ins Badezimmer und erbrach mich über der Toilettenschüssel. Es platschte und stank, ich sah Pålle vor mir, die Würstchen, seine dicken Lippen. Immer und immer wieder kamen

Krämpfe, bis ich erschöpft auf dem Boden lag, mir stand der blanke Schweiß auf der Stirn. Als ich spülte, kreiste das Erbrochene in der Schüssel, Karottenfarbe und Würstchenfarbe und Magensaft mischten sich zu einer flimmernden Fernsehscheibe. Mit einem jaulenden Geräusch wurde es hinuntergezogen und verschwand.

Zitternd spritzte ich mir kaltes Wasser ins Gesicht und spülte den Mund aus, spuckte mehrere Male ins Waschbecken. Etwas hatte sich verändert. Mit wachsendem Ekel setzte ich mich wieder vor den Fernseher. Und spürte, wie die Wut wuchs. Was für ein Mist! So ein Dreck, Augendreck. In diesem Blinken und Quatschen verschwand das Leben. Stunde um Stunde opferte man, wurde aber nie zufrieden.

Am liebsten hätte ich die Fernsehscheibe eingeschlagen. Mit Stiefeln in jedem Wohnzimmer herumgewütet, dass die Bildschirme splitterten und die blöden Fressen bluteten. Alle getötet. Die Tiere auch und die Blumen. Ohne Mitleid alles zermalmt. Ich stopfte mir die Hörer in die Ohren und schob Nuke'em rein, das Härteste, was ich finden konnte, ihre Blaster-Scheibe mit grellem Geschrei von Millionen zu Tode Verurteilter. Schloss mich im Schlafzimmer ein, schob einen Stuhl unter die Türklinke, falls meine Mutter nach Hause kommen würde, und tanzte meinen Hass mit wilden Kicktritten aus mir heraus. Jeder Volltreffer spritzte rot auf, ein schönes, heißes Gefühl.

Mit tränenden Augen warf ich mich anschließend keuchend auf Mamas Bett. Die Stille erschien wie eine Waffe. Eine Panzermine, eingegraben am Einkaufszentrum. Entsichert, wartend. Und tschüs.

Ich gehörte einfach nicht hierher. Etwas war zwischen

der Welt und mir nicht in Ordnung. Die Kontrolleure merkten, dass ich anders war, sie drückten und zwängten mich in die Gießform, aber immer ragte noch etwas heraus. Sie versuchten etwas wegzuschneiden, mich auf Normalmaß zu bringen. Aber gleich ploppte etwas an anderer Stelle wieder auf.

Mir kam in den Sinn, dass ich ja vielleicht ein Genie war. Je mehr ich darüber nachdachte, umso wahrscheinlicher erschien es mir. Tief in meinem Inneren war ich einzigartig, die Welt hatte so etwas noch nie gesehen. Ich war ihnen allen überlegen. Sie sahen mich und spürten meine Kraft, mein Charisma, ich hatte solch eine Ausstrahlung, dass sie ganz neidisch wurden. Sie würden niemals mein Niveau erreichen, und das wussten sie. Beschneiden, zusammenstauchen. Zertrete alles, was dich bedroht. Verhöhne es, lache es aus.

Der Preis für meine Genialität war die Einsamkeit. Meine Überlegenheit machte mich anders. Ich war ein Ausgestoßener, ein Fremdling für sie. Da war nichts zu machen. Einsam und verbittert würde ich durch das Leben wandern, bis eines Tages – eines Tages … bis das geschah, was geschehen musste. Bis mein großes Werk zum Vorschein käme, meine Asteroidenexplosion, und sie mich niemals wieder würden vergessen können.

Wie im Fieber sprang ich zum Schreibtisch und ließ es fließen:

Die Feder ist meine Pistole
Ich schieße dir in die Augen
spritze dir Worte ins Gehirn
tagge dich voll mit meinem Spray

verdammt, wach doch auf
ich will, dass du aufwachst,
verdammt wach auf, verdammt
ich will, dass du aufhörst zu sterben

Das war, wie mit einer Kalaschnikow um sich zu ballern. Mir wurde ganz schwindlig, ich wäre am liebsten hinunter auf den Hof gelaufen und hätte laut losgebrüllt. Einfach geschrien, bis sich die Fenster aller Wohnungen geöffnet hätten und die Leute wissen wollten, was da los war.

»Dynamit!«, wollte ich schreien. »Sprengt die Welt in die Luft!«

Einige Zeit später lag ich auf meiner Bettcouch und öffnete nervös Jean Paul Sartres *Der Existentialismus ist ein Humanismus.* Auf Seite fünfzehn hielt ich inne und dachte nach. Ich hatte nicht einen Furz verstanden. Wütend las ich das Ganze noch einmal von vorn.

Im Morgengrauen wurde ich davon geweckt, dass Mama nach Hause kam. Sie hatte jemanden bei sich. Sie flüsterten und tuschelten, die andere Stimme war dunkel und rau, ich hörte einen Weinkorken ploppen und wie die Schlafzimmertür geschlossen wurde. Kurz danach drangen Geräusche von dort heraus. Unterdrücktes Kichern und dann andere.

Ich versuchte, mir die Ohren zuzuhalten. Es nützte nichts. Leise ging ich ins Badezimmer, riss mir Klopapierstückchen ab und stopfte sie mir in die Gehörgänge. Auf dem Flur standen Mamas gute Pumps und ein Paar elegante Herrenschuhe, mindestens Größe 48.

Es roch nach Schweiß und Parfüm, feuchtem Tanzboden und klebrigen Drinks. Und noch nach etwas anderem. Ich überlegte, ob ich die Schlafzimmertür aufreißen und die Deckenbeleuchtung einschalten sollte. Was würde ich zu sehen bekommen? Wie sahen sie aus, was machten sie gerade jetzt?

Leise kroch ich wieder auf meiner Bettcouch unter die Decke. Trotz Ohrenstopfen drangen die Geräusche zu mir. Was zum Teufel machten sie? Was machte er mit Mama?

ACHTUNG! ACHTUNG! ACHTUNG! ACHTUNG!

Lieber Leser, der du das hier liest, du bist doch total blöd in der Birne.

Du, der du das hier liest, du bist ein Schleimbeutel mit Hirnflattern, du hast Sabber im Mund und Haare unter den Füßen, deine Ohren stehen wie Rückspiegel ab, deine Nase tropft, dein Haar ist mit Margarine eingeschmiert, und deine Schnauze stinkt wie ein Pavianfurz. Haha, jetzt bereust du, dass du angefangen hast, das hier zu lesen, aber jetzt ist es zu spät. Ich huste dich mit Viren an, ich verdrehe dir deinen Hals wie einen Korken, ich ziehe dir die Gedärme heraus, um zu sehen, wie lang sie sind, ich schreibe meinen Namen mit Filzstift auf dein Gehirn. Wer ich bin? Ich bin der Text. Ich bin die Worte, die du gerade liest. Die du nicht wegradieren kannst. Gelesen ist gelesen, du bist erledigt und besiegt. Die Worte existieren jetzt in dir, du wirst sie nie wieder los, kannst mich niemals wieder ungelesen machen. Und das ist der Grund, warum ich der Stärkere bin. Mich verbrennen, ja, das kannst du, aber ich befinde mich bereits in deinem Gehirn. Du kannst das Papier vernichten, aber nicht die Worte. Die einzige Chance, die du hattest, bestand darin, mich nie zu lesen, aber jetzt ist es zu spät. Du hast mich durch deine Augen hereingelassen. Du hättest mich wegwerfen können, mich zu einem Ball zerknüllen, doch du hast es nicht getan.

Deine Neugier hat dich hereingelegt, was steht hier, was wollen diese meine Worte von dir?

Sie wollen dir in den Arsch treten, du verdammter Idiot!

(Haha. Habe jede Menge davon kopiert und sie auf den Schulfluren verteilt. Suck my dick!)

KIPATTEL 7

Wovor haben die Arschgeigen am meisten Angst? Was ist das Schlimmste, das ihnen zustoßen kann? Dass sie Loser werden. Von ihrer Pyramide stürzen. Im Sumpf des Bodensatzes landen, dort, wo ich selbst bereits herumrutsche.

Wie ist ein Loser? Arm und hässlich. Deshalb sind die Kleider in der Schule ja auch so wichtig für den Abschaum, die Kleider trennen die Spreu vom Weizen, es geht darum, die richtigen zu haben. Hübsche Kleider, das sind teure Kleider. In ihren reichen Scheißköpfen hängt das zusammen. Das haben sie sich ausgedacht, damit wir Loser niemals auf ihr Level kommen können, wir haben nie die Chance, aus unserem Grubenloch zu kriechen. Deshalb all diese Marken. Die Hose, das kann schon eine Jeans sein, aber keine aus dem Katalog, wie ich sie habe, sondern eine aus einer »limited edition«, wie sie mit hochgezogenen Augenbrauen feststellen, dazu eine Designerjacke, signierte Sportschuhe, die achtmal so viel kosten, wie ich je bezahlen könnte. Manchmal ist man schon überrascht, da kommt einer dieser Arschgeigen in einem Schlabberhemd in die Schule, das aussieht, als stammte es geradewegs vom Flohmarkt, hässlich wie die Sünde und so siebzigerjahreartig. Aber am Kragen, da klebt eine Marke, ein kleines, festgenähtes Dings, und nur die Schweinereichsten wissen, dass dieses Hemd in einem Atelier in New York genäht wurde und dafür so viel wie Mamas Monatslohn bezahlt wurde.

Aber nun mal angenommen, man geht in die schlimmste Boutique und es gelingt einem, Guccihosen mitgehen zu lassen, ohne dass der Alarm losheult, dazu ein Pradahemd und die teuersten bescheuerten Nikeschuhe. Das kann ein paar Tage klappen. Vielleicht drei. Doch dann muss man wechseln, du kannst nicht immer dieselben Klamotten tragen, auch wenn du sie jeden Abend wäschst. Selbst Schuhe und Armbanduhr musst du hin und wieder tauschen. Keiner kann sich so eine Garderobe zusammenklauen, zum Schluss musst du aufgeben, gehst wieder in der Jacke aus der letzten Saison und siehst, wie das Grinsen auf dem Flur immer breiter wird. Ein Emporkömmling. Ein Kriecher. Sie wenden sich ab und rümpfen die Nase. Diesen Krieg kann man nie gewinnen.

Es gibt einen weiteren empfindlichen Punkt, und zwar das Aussehen an sich. Auch da versuchen sie es mit ihrem Geld. Lassen sich die Haare beim teuersten Friseur schneiden, und nicht so eine Pottfrisur, sondern Locken und Tönung, bis es da oben aussieht wie ein Wellblechdach. Und dann darf die Schminke nicht fehlen. Die Mädchen sehen ganz starr im Gesicht aus, vollkommen künstlich unter ihren Kittmasken und gleichzeitig nuttenhaft. Manchmal kann man sehen, wie die Farbe Wellen schlägt, dann gibt es einen Pickel darunter, den sie voller Panik übergekleistert haben, alles muss perfekt sein, es dürfen keine Risse zu sehen sein, die Hülle soll perfekt sein und glänzen wie der Lack einer Autokarosserie.

Aber alles kriegen sie auch nicht hin. Die Mädchen möchten groß sein, aber das sind nicht alle. Einige haben zu große Füße. Oder eine zu flache Stirn. Oder die Augen stehen zu eng beieinander, da lässt sich nur schwer etwas machen. Einige sind einfach von Natur aus hässlich, ganz gleich, wie reich sie auch sind. Während es auch unter uns Losern einige gibt, die hübsch sind, ohne auch nur einen Groschen blechen zu müssen. Da gibt es ein Mädchen im praktischen Zweig hinten im Anbau, Moa heißt sie. Wenn sie in der Essensschlange steht, stellt sich die ganze Schule an. Rehaugen, kastanienbraune Locken und eine seidenweiche Haut, auf der sich nicht der geringste Mitesser zeigt. Sie strahlt. Sie ist so schön, dass man sich fragt, ob sie nicht digital ist. Manchmal kommt sie geradewegs von der praktischen Arbeit im schlabbrigen Werkstattkittel und staubigen Holzpantoffeln. Aber an ihr sieht selbst das hübsch aus. Moa ist die Schönste an der Schule, sie will Elektrikerin werden, obwohl sie auf der Titelseite jedes Modeheftes ihren Platz finden würde.

Könnten sich die Arschgeigen einen neuen Körper kaufen, viele von ihnen hätten das schon längst getan. Stattdessen nehmen sie ihn sich Stück für Stück vor. Einige lassen ihre abstehenden Ohren operieren. Andere haben sich Pigmentflecken mit Laser wegbrennen lassen. Viele lassen sich die Zähne richten. Aber statt einer Zahnspange mit Metall im Mund waren sie in den Sommerferien in den USA und kommen mit einem Filmstarlächeln zurück. Die Mädchen wünschen sich zum achtzehnten Geburtstag von Mum und Dad eine Brustoperation. Die Jungs mühen sich im Kraftraum ab, schlucken Anabolika und stöhnen beim Gewichtheben. Einige von ihnen zupfen sich die Augenbrauen und haben sogar angefangen, sich zu schminken. Es gibt Herrenschminke in Metalldöschen, damit es nicht so tuntig aussieht, und Ziel ist es, dass es bemerkt wird, ohne dass man es sieht. Es gibt abendliche Herrenschminkkurse, in die so einige der Arschgeigen rennen.

Barbie und Ken. Das ist das Ziel. Plastik ohne Ende.

Ich stand an diesem käsigen Montagmorgen vor dem Badezimmerspiegel, putzte mir die Zähne und fühlte mich so verdammt wütend. Klaute mir von Mamas Haargel und bürstete die Haare in alle möglichen Richtungen. Drückte einen Mitesser aus, einen richtig dicken fetten, dass Blut und Eiter aufs Spiegelglas spritzten und auf der Stirn ein roter Vulkan zurückblieb.

Die Nase war verstopft, also steckte ich einen Finger hinein. Musste lange wühlen, bekam dann einen Rekordpopel heraus. So einen gelbschleimigen Rotzknoten von riesigem Umfang, der an der Fingerspitze kleben blieb. Ich wollte ihn gerade abstreifen, als mir eine Idee kam. Es sah aus, als hätte ich versucht, mir die Nase zu putzen, aber das Papier vergessen. Es war das Ekligste, was ich je gesehen hatte.

Ich drückte den Dreck an die Wange und ließ ihn dort kleben. Zog mir die Jacke an. Begab mich hinaus in die hässliche Welt.

Bereits im Bus waren die Reaktionen zu spüren. Die Leute warfen mir verwunderte Blicke zu, wandten sich ab und überlegten – was zum Teufel war das? Und dann guckten sie noch einmal genauer hin. Und dann kam die Reaktion, ich konnte direkt sehen, wie sie sich innerlich schüttelten. Anschließend überlegten sie, wie peinlich das doch für mich war, die dachten, ich wüsste nichts von dem Rotz, manche fuhren sich schnell mit der Hand übers eigene Gesicht, um nachzuprüfen, ob sie selbst sauber waren.

Andere waren eher sadistisch veranlagt. Sie grinsten höhnisch und genossen meine peinliche Lage, sie flüsterten ihren Kumpels etwas zu, um den Anblick zu teilen. Niemand sagte etwas zu mir. Niemand wollte mir helfen, indem er beispielsweise murmelte:

»Hey, Junge, guck mal in den Spiegel.«

In der Schule zeigte ich mein breitestes Lachen und grüßte alle, die ich auf dem Flur traf, übertrieben freundlich:

»Hallo! Wie geht's?«

Sie schauten mich verwundert an. Viele waren kurz davor, meinen Gruß zu erwidern. Doch dann entdeckten sie den Rotzfleck. Ihre Gesichter verzerrten sich. Oder erstarrten zu Gips. Ein Mädchen sah aus, als würde sie sich gleich übergeben. Eine andere errötete bis unter die Haarwurzeln.

Ich spürte, wie sich vor dem Klassenzimmer die Sperrzone um mich herum ausweitete. Die Leute zogen sich zurück, als wäre ich ansteckend.

»Ein herrlicher Morgen«, rief ich fröhlich. »So ein bisschen Englisch jetzt, das ist doch genau das Richtige. Gerade die Lektionen mit den Präpositionen, die gefallen mir besonders gut.«

»Eklig!«, rief einer der Arschgeigen aus.

»Ach, hast du den Namen geändert?«, konterte ich.

»Wisch den Dreck ab.«

Ich lächelte einfach zurück, ein sonniges Teletubbies-Lächeln. Spürte, wie der Rotz langsam trocknete, die Haut spannte.

»Du hast was am Zahnfleisch«, sagte ich. »Hast du vergessen, die Zähne zu putzen?«

Der Typ klappte den Mund zu. Er wurde sofort unsicher. Versuchte mit der Zunge zu fühlen, gab es da irgendetwas? Ich selbst stand weiter ruhig da. Registrierte zufrieden, wie er schließlich abzischte. Zur Toilette, um nachzusehen. So einfach waren sie auszupunkten:

»Du bist nicht perfekt! Ein Fleck auf dem Hemd, der Lippenstift ist etwas verwischt …«

Aber Rotz. Was ist denn so schrecklich an Rotz? Alle haben ihn in der Nase, das Einzige, was ich getan hatte: ihn um ein paar Zentimeter verschoben.

Beim Mittagessen saß ich allein in der Kantine. Zwei Jungs wollten sich gerade zu mir an den Tisch setzen, da entdeckten sie meinen Gesichtsschmuck und machten augenblicklich kehrt. Ist schon merkwürdig, wie empfindlich wir sind. Wenn wir ein Glas Milch eingießen, und es ist ein schwarzer Punkt darin, dann holen wir ihn raus, obwohl es vermutlich nur ein Brotkrümel ist. Viele würden sogar die ganze Milch wegkippen. Oder ein Haar im Essen, ein kleines Härchen. Was spielt denn das für eine Rolle? Sitzt es auf dem Kopf, dann wird es als schön empfunden, aber auf den Kartoffeln erzeugt es Übelkeit. Oder aber Insekten. Ja, da ist es noch schlimmer. Eine Fliege in der Suppe, das ist nicht lecker. Denn Fliegen stehen ja auf Toiletten und verweste Tierkadaver, man kann nie wissen, wo sie vorher gewesen sind. Und da liegt nun dieser kleine Fliegenkörper mitten im Essen. Mit seinem kleinen Fliegenarsch, der vielleicht gerade geschissen hat, so dass die Fliegenkacke jetzt in der Suppe schwimmt.

Spucke ist auch interessant. Wir haben ja alle Spucke im Mund, und das ist auch in Ordnung so. Wir können problemlos einander küssen. Aber sobald die Spucke die Lippen verlässt, wird es obereklig. Wenn ich auf meine Scheibe Brot spucke und sie anschließend aufesse, da schütteln sich die Leute, obwohl die Spucke doch meine eigene ist. Rotz zu essen, ist auch eklig, aber nur, wenn er vorher die Nase verlassen hat. Und Rotz direkt über die Nase in den Hals hineinzuziehen, das tun wir doch alle immer mal wieder. Kotze ist eklig, keiner will Kotze wieder essen. Und trotzdem laufen wir alle mit Kotze im Magen herum, Essen vermischt mit Magensäure. Nahrung, die langsam in Scheiße verwandelt wird. Und Scheiße ist eklig, da kann ich nur zustimmen. Aber Scheiße, das ist doch nur Nahrung minus Nährstoffe. Die Sachen, die wir in uns hineinstopfen, sind doch dieselben, die einen Tag später wieder herauskommen, dann aber in eingedickter Form.

Das Einzige im Körper, was nicht eklig ist, das ist Blut. Man darf an einem Riss in der Haut saugen, das ist okay. Man darf sogar Blutpudding essen. Aber stellt euch mal eine Mahlzeit mit Rotzpudding vor. Wohl kaum ein Hit, nicht einmal mit Himbeersaft. Dagegen kann man Hühnereier essen, die doch aus Vogelärschen herausgedrückt werden. Oder Gemüse, das in der Erde stand, die wiederum mit Kuhscheiße gedüngt war und leckeres Kuhscheißwasser aufgesogen hat. Oder Fisch, der sein ganzes Leben lang zwischen pissenden und fickenden Gestalten aller Art herumgeschwommen ist.

Es gibt eigentlich nur eine Art von Nahrung, die nicht eklig ist. Wie sehr ich es auch versucht habe, ich konnte keinen Ekel oder Widerwillen erzeugen.

Und das ist Fleisch. Fleisch, das ist ja wie Blut, es ist in irgendeiner Art einfach rein. Und außerdem schmeckt es auch noch gut.

Ich verließ die Kantine und fühlte mich richtig prima. Ein halber Tag mit Rotz auf der Visage war überstanden. Vor nur einer Woche wäre ich lieber gestorben. Alle hassten mich, aber ich kam damit zurecht. Sie konnten mich nicht fertig machen.

Am Fahrradständer standen ein paar Jungs. Ich ging vorbei und konnte es nicht vermeiden, einige Worte aufzuschnappen.

»…wenn wir Pålle fertig machen. Ihm den Arm brechen.«

»Der Kerl muss verschwinden von hier.«

»Er macht ja die ganze Schule kaputt.«

»Dieser Scheißschwule.«

»Wir werden dieses Arschloch schon noch kriegen.«

Sie merkten, dass ich näher kam, und verstummten. Da hatte ich sie bereits wiedererkannt. Es war die Bande vom Klo, die versucht hatte, Pålle zu verprügeln. Ich tat so, als hätte ich nichts gehört, und ging einfach weiter aufs Schulgebäude zu. Aber in meinem Inneren fühlte ich eine bohrende Unruhe.

Ich hielt nach Pålle Ausschau, konnte ihn aber nirgends entdecken. Vielleicht hatte er ja Unterricht. Also ging ich stattdessen in den Kunsttrakt. Da gab es für mich etwas zu tun. Ich stellte mich locker vor das Schwarze Brett und tat so, als läse ich die peinlichen Lyrikversuche, während ich in die Halle schielte. Niemand schien mich zu bemerken.

Was ist das Schwierigste überhaupt? Was ist das größte Risiko, das man im Leben auf sich nehmen kann?

Sich so zu zeigen, wie man tatsächlich ist. Sich nicht mehr zu verstellen, die Maske abzunehmen und festzustellen, dass darunter noch eine Maske sitzt. Und die auch herunterzunehmen und eine weitere zu finden. Und unter der noch eine. Plastikmasken, Gummimasken, von denen man keine Ahnung hatte, weil sie so perfekt saßen, und wenn man bei der letzten, innersten angelangt ist, stellt man fest, dass sie an der Haut festsitzt. Die hat es dort schon so lange gegeben, dass sie festgewachsen ist. Aber wenn man an ihren Rändern entlang fährt, dann kann man dort einen Spalt finden, in den die Nägel passen, und man kann auch diesen letzten Schutz mit einem feuchten, schmatzenden Geräusch vorsichtig ablösen. Darunter ist die Haut eine offene Wunde. Jede stärkere Berührung dringt direkt hinein, jedes Anpiksen, jeder Stich kann einen töten. Es ist nicht auszuhalten. Man ist nackt vor lauter Furcht. Unter der innersten Maske gibt es nur Ehrlichkeit und Wahrheit. Und dort findet man die Poesie.

Ich war so nervös, dass sich mein Magen zu einem Muskelknoten zusammenzog. Essig stieg mir im Hals hoch, im Mund schmeckte es wie Autobatterie, ich musste mich am Schwarzen Brett abstützen, um nicht zu schwanken. Aus den Augenwinkeln heraus sah ich Menschen kommen und gehen. Niemand schien mich zu bemerken. Sie verschwanden alle in einem Saal. Und aus der anderen Richtung kam niemand. Jetzt, jetzt, tu es jetzt! Meine verschwitzten Finger zogen das Papier aus dem Rucksack. Nicht so ein handgeschriebener Zettel wie die der Kunstschüler, sondern ein ordentlicher Ausdruck aus dem Drucker. Schnell pinnte ich ihn an einer freien Stelle fest. Niemand hatte mich gesehen.

Die Feder ist meine Pistole
Ich schieße dir in die Augen …

Ich war nicht in der Lage, weiterzulesen, mein Herz fing an, wie wahnsinnig zu klopfen. Mit schweißigen Handflächen trollte ich mich, voller Todesangst, dass mich jemand entdecken könnte.

KOPITTEL 8

Nach der Schule war Pålle nicht mit im Bus. Vielleicht hatte er ja einen früher genommen. Dennoch war ich unruhig. Zu Hause in der Wohnung holte ich das Jahresheft der Schule heraus. Adresse und Telefonnummer standen drin, trotzdem zögerte ich. Bei ihm anrufen, das zeigte, dass ich mich um ihn kümmerte. Fast als wäre ich sein Freund. Schließlich ergriff ich doch den Hörer und wählte. Nach acht Freizeichen legte ich mit einem unguten Gefühl in der Magengrube auf.

Ich ging ins Badezimmer, mein Blick bohrte sich in den Spiegel. Der Rotz klebte noch an derselben Stelle. Vorsichtig zog ich ihn ab und ließ ihn ins Waschbecken fallen.

Nach ein paar Scheiben Brot und einem Becher Kakao schrieb ich einen Zettel für Mama, die in dieser Woche Nachmittagsschicht hatte: »Bin noch mal weggegangen. Komme bald wieder.« Dann ging ich hinunter. Pålle wohnte nicht weit entfernt, ich ging zu Fuß an Mietskasernen mit Inlineskatern und Herumlungernden vorbei, an Männern, die mit ihren Hunden Gassi gingen, und Frauen mit Einkaufstüten, vorbei an der hässlichen Klinkersteinkirche, die eher aussah wie eine Garage für Trecker, und an dem gelben Holzhaus, in dem der Kindergarten war, den ich selbst besucht hatte, als ich noch klein gewesen war, und dann weiter hoch zu den Doppelhäusern, die in schnurgeraden Reihen gebaut worden waren, was mich immer an Lego erinnerte. Es dauerte eine Weile, bis ich die richtige Adresse gefunden hatte. Alle Straßen hatten Blumennamen. Nach Veilchen, Heidekraut und Gänseblümchen kam ich endlich am Glockenblumenstieg an, einem Haus mit Garage, die an einer anderen Garage mit Haus klebte, nur spiegelverkehrt. Auf dem Hof stand ein riesiger Hund und sabberte, und als ich mich ihm näherte, fing er an, mit rauer Bassstimme zu bellen und an der Kette zu zerren. Ich sah, wie sich die Küchengardine bewegte, dann wurde die Tür geöffnet.

»Wir kaufen nichts an der Tür«, erklärte eine dicke Frau.

Dick war untertrieben, sie war ein Fleischberg, ein wabbelnder Kebnekajse, der höchste Berg Schwedens, bedeckt mit einem grünen Armeezelt, das eine Art Kleidung vorstellen sollte.

»Ich suche Pålle«, rief ich.

»Hier wohnt keiner mit diesem Namen.«

»Aber im Jahresheft der Schule, da …«

»Unser Sohn heißt Pål.«

»Ja, Pål meine ich. Genau, Pål.«

Die Frau zog keuchend an der Kette, bis der Hund bei ihr ankam und ich mich in den Flur pressen konnte. Drinnen roch es irgendwie nach Metall. Nach geputztem Messing und Hundefell. Ich drückte mich an die Wand, als die Riesin an mir vorbei in die Küche watschelte.

»Also Pål?«, wiederholte ich.

Sie sagte nichts, winkte mich nur mit einer schlaffen Hand heran. Ich zog meine Schuhe aus und trottete in die Küche. Sie zeigte auf den Küchentisch, ein massives dunkelbraunes Teil, und ich setzte mich. Keuchend vor Anstrengung ging sie zum Herd, rührte und grub in einem Topf und stellte einen Riesenteller mit Essen vor mich hin. Es sah aus wie irgendwelche Frikadellen.

»Aber ich habe gerade gegessen ...«

»Papperlapapp!«

Ihr scharfer Ton brachte mich dazu, mich vorzubeugen und loszuschaufeln. Sie beobachtete jede meiner Bewegungen.

»Wie schmeckt es?«, fragte sie dann.

»Gut.«

»Sag das Pål.«

»Das werde ich. Wann kommt er zurück?«

Die Frau nahm einen Inhalator, sprühte sich damit in den Mund und ließ ein paar gurgelnde Atemzüge hören. Ich aß fast den ganzen Teller leer, bis auf ein paar Kartoffeln, die ich nicht mehr schaffte. Bevor ich reagieren konnte, lagen neue Fleischklöße auf dem Teller.

»Ich glaube, ich bin jetzt satt.«

»Iss!«

»Ja, aber ...«

»Du hast gesagt, es schmeckt. Du hast es gesagt.«

Zwischen den Worten keuchte und zischte sie wie ein Dampfkessel mit starkem Überdruck. Ihr Gesicht glänzte vor Schweiß. Sie schrie nicht, aber ihre Backentaschen wurden immer roter. Ich schielte auf die Fleischklöpse. Wenn ich mir Mühe gab, würde ich sie wohl noch verdrücken können. Schweigend beugte ich mich vor und fing wieder an zu kauen. Sie beruhigte sich augenblicklich und stand keuchend da, die Unterarme wie große Teiglaiber vor der Brust verschränkt. Ihr Stoffzelt hob und senkte sich und raschelte leicht, wenn sie keuchte. Es schien, als wäre die

Lunge zu klein da drinnen, als gäbe es nicht genug Platz für die Luft.

Endlich hatte ich es geschafft. Der letzte Bissen wuchs in meinem Mund zu einem Tennisball, so groß und wollig, ich musste mir alle Mühe geben, dass er drinnen blieb.

»Nachtisch«, sagte sie.

»Nein, vielen Dank.«

»Nachtisch gehört dazu.«

»Nein, jetzt schaffe ich wirklich nichts mehr, das steht jedenfalls fest …«

Ohne dass ich mitbekam, wie es passierte, hielt sie mir plötzlich einen Teller mit einem zitternden Karamellpudding unter die Nase.

»Du musst davon was nehmen«, sagte sie.

»Was?«

»Nimm was. Du hast gehört, was ich gesagt habe.«

Ich ergriff den kleinen Löffel und grub ein wenig im Pudding, führte den kleinen Klecks an die Lippen, war aber nicht in der Lage, ihn zu schlucken.

»Satt?«, fragte sie.

»Oh ja … pappsatt …«, stöhnte ich.

Der Pudding wurde zurück zur Arbeitsplatte getragen. Gemächlich öffnete die Frau den Unterschrank und ließ die gesamte Portion mit einem weichen Schmatzer in den Mülleimer rutschen. Ich traute meinen Augen nicht. Schnell zog ich mir die Schuhe an, bevor sie mir noch etwas würde auftischen können.

»Schönen Gruß an Pål«, murmelte ich.

Da knallte die Haustür. Kurz darauf erschien Pålle in der Küchentür, in seiner Waldkleidung. Er ließ den Blick zwischen seiner Mutter und mir hin und her wandern, sichtlich verwundert. Keiner von beiden sagte etwas, kein Hallo oder Komm rein oder so etwas in der Art. Schließlich schien er sich geradezu in die Küche zu schleichen, auf den Strümpfen schlurfend, und ließ sich auf den Stuhl plumpsen, auf dem ich gerade gesessen hatte.

Ich starrte seine Mutter an. Die Mutter lugte zu Pålle. Pålle starrte sie an.

»Hast du Hunger?«, fragte sie.

»Kommt drauf an«, antwortete er.

»Willste was oder nicht?«, kam es eine Spur schärfer.

»Okay«, sagte er.

»Das ist schön«, sagte sie und wandte sich mir zu. »Hat das Essen geschmeckt?«

»Sehr gut«, sagte ich.

»Du findest also, es hat geschmeckt?«

»Ja, wirklich gut.«

»Und der Nachtisch auch?«

Darauf antwortete ich nicht mehr. Ich sah, wie sich ihr Gesicht verzog. Ein Lächeln würde das wohl kaum werden, aber die Lippen wurden extrem breit gezogen, als sie sich Pålle zuwandte.

»Leider ist nichts mehr übrig.«

Pålle schielte zu mir herüber. Ich wäre am liebsten im Erdboden versunken.

»Du musst verstehen, dein Freund, der war so hungrig. Er hat alles gekriegt, als es noch warm war. Und den Nachtisch auch, deshalb gibt es jetzt nichts mehr. Und glaub bloß nicht, dass ich mich hinstelle und noch mal etwas koche.«

Wortlos stand Pålle vom Tisch auf. Ich eilte ihm nach auf den Flur hinaus.

»Hau ab«, flüsterte er.

»Tut mir leid, Scheiße ... ich wusste ja nicht ...«

»Hau bloß ab. Mein Alter kann jeden Moment kommen.«

»Nur eins, Pålle, hör mir zu!«

»Aber schnell.«

Ich dachte hastig nach. Musste es ihm so beibringen, dass er den Ernst der Lage begriff.

»Sie sind hinter dir her. Die Bande vom Klo. Ich hab gehört, wie sie sich abgesprochen haben.«

»Was meinst du damit?«

»Sie wollen dir's zeigen. Dir den Arm brechen oder so was in der Art. Und der es macht, der wird dafür bezahlt.«

Pålle hörte ungeduldig zu.

»Okay«, sagte er kurz. »War das alles?«

»Kriegst du jetzt nichts mehr zu essen?«

»Das geht schon klar.«

»Sie hat den Nachtisch mit Absicht weggeschmissen. Ich wollte ihn gar nicht.«

»Geh. Du willst meinen Alten lieber nicht treffen.«

Zögernd drückte ich die Klinke der Haustür hinunter. Ein knurrendes Maul zwängte sich durch den Spalt und schnappte in die Luft.

»Zurück!«, schrie Pålle.

Ich warf mich zur Seite. Der Köter sprang mit einem Satz ins Haus, Pålle warf sich wie ein Fußballtorhüter vor und bekam das Halsband zu fassen. Die Bestie kam zehn Zentimeter vor mir zum Stehen, mit tropfendem Maul.

»Ich hab ihn!«, keuchte Pålle über dem Hundeschädel.

»Besuch uns gern mal wieder!«, war die Mutter aus der Küche zu hören.

Hastig machte ich mich auf den Weg.

Auch am nächsten Tag war Pålle nicht auf den Schulfluren zu entdecken. Vielleicht schwänzte er ja, vielleicht versteckte er sich während der Pausen in irgendeinem Klassenraum. Ich selbst ließ es ruhig angehen, wurde aber viermal als Schwuler bezeichnet, obwohl ich sauber und brav war. Mein Ruf hatte sich in der Schule verbreitet.

Nach Chemie war große Pause. Den ganzen Vormittag hatte ich an das Gedicht denken müssen, meine nackten, aufgespießten Worte, und jetzt konnte ich mich nicht länger zurückhalten. Mit grummelndem Magen und verschwitzten Handflächen marschierte ich zum Kunsttrakt, auf das weiße Papier zu, das dort hing.

Ich wollte meinen Lesern begegnen. Vielleicht stand ja eine Gruppe dort, eine gierige Menschenansammlung, in der geschubst und gedrängelt wurde, um etwas von meinen Zeilen zu erhaschen:

»Die Feder ist meine Pistole!«, sollten sie rufen. »Das ist genial, was für ein Gedicht, wer kann nur dieses unglaubliche Talent haben?«

Aber vor dem Schwarzen Brett war es vollkommen leer. Obwohl noch Pause war. Hier und da saßen ein paar Schüler, hörten über ihre Kopfhörer Musik oder tippten auf ihren Handys herum. Ich trottete am Schwarzen Brett vorbei. Warf dabei einen Seitenblick dorthin und blieb mit einem schnellen Ausruf des Erstaunens stehen, so dass sie es bemerken mussten. Mit verblüffter Miene beugte ich mich vor, um besser sehen zu können, als wollte ich mir auf keinen Fall auch nur ein Wort entgehen lassen. Still davor stehend las ich mein Gedicht wortlos viermal durch, wobei sich mein Rücken immer mehr aufrichtete, bis ich in einer Art verzückter Habacht-Stellung landete. Ich versuchte fasziniert auszusehen, geradezu paralysiert, die Schulterblätter waren gespannt wie Flügel, der Mund stand offen, und ich stieß ein schwer erstauntes *Tsssss* aus, das die Aufmerksamkeit der Nächststehenden ja wohl wecken würde. Dann beugte ich mich erneut vor, um mir das Gedicht wirklich einzuprägen, damit ich dieses beeindruckende Erlebnis, das meinen grauen Schulalltag erhellt und mir Mut und Kraft zum Weiterleben gegeben hatte, nicht wieder vergaß. Um zu unterstreichen, wie gut es war, streckte ich den Zeigefinger vor und klopfte mehrere Male aufs Papier. Es war ein Klopfen, als wäre das Schwarze Brett eine Tür, als wollte ich geradewegs ins Gedicht eintreten. Doch stattdessen drehte ich mich um und schritt unter dem Eindruck dieses überwältigenden Leseerlebnisses mit erhabenen, federnden Schritten davon.

An den Drehtüren ganz hinten ging ich in Deckung. Diskret lugte ich zurück zum Schwarzen Brett. Ich wusste, die Schüler mussten meine Vorstellung mitbekommen haben, zumindest die in der Nähe, jetzt hieß es nur noch, den Effekt abzuwarten. Da kamen ein paar Mädchen heran. Nein, sie gingen nur dran vorbei. Ein Lehrer mit einem Saxophon in Händen hastete davon. Eine ganze Gruppe blieb jedoch stehen, ja, jetzt würden sie es lesen, ein Typ beugte sich sogar vor. Doch dann bekam er einen Anruf, holte sein Handy heraus und trottete hinter den anderen her.

Da tauchten einige Kunstmädchen auf. Schon aus der Ferne erkannte ich die eine wieder. Das Mädchen mit den grünen Augen. Jetzt waren sie am Schwarzen Brett angekommen. Und blieben tatsächlich stehen. Die mit den grünen Augen beugte sich vor. Dann las sie. Sie las mein Gedicht, ich konnte es deutlich sehen. Und dann zeigte sie darauf und sagte etwas, ich konnte aber nicht hören, was. Was hielt sie davon? Ich musste wissen, was sie davon hielt!

Anschließend liefen sie weiter in meine Richtung. Die mit den Smaragdaugen redete fröhlich, schien ganz aufgekratzt zu sein. Ich wusste, das war die Kraft des Gedichts, es hatte seine Nadeln in sie gebohrt und sich ihr einverleibt, Brandbeschleuniger lief ihr jetzt durch die Adern, Feuer, Revolution. Sie hatte mein gutes Gift geschluckt. Es war sonnenklar, wir gehörten zusammen. Und gleichzeitig – es war gemein – gleichzeitig fühlte ich, wie ich langsam fiel. Ein brennender Wolkenkratzer, dessen Stahlträger vom Feuer schmolzen und in dem ein Stockwerk nach dem anderen kollabierte, eine Riesenfähre, die im Meer mit weggerissener Bugklappe unterging, ein heranrasender Asteroid, kurz gesagt: Ich war vollkommen aus dem Gleichgewicht. Sie hatte mich geöffnet, sie war meine erste Leserin und hielt meine Herzensfetzen in den Händen, ich war nicht bereit, wollte weiterblättern, damit ich verschwand, die Buchstaben löschen und als Blume wiedergeboren werden.

Und dann kamen sie, noch konnte ich fliehen, aber ich wollte so gern in irgendeiner Weise Kontakt aufnehmen. Ohne dadurch zusammenzubrechen. Einen Faden zwischen uns spinnen, eine feine Kontaktleitung herstellen. Nur ein kleines Hallo. Genau das, ein Hallo sollte es werden. Nicht zwanzig rote Rosen, sondern ein Hallo und ein warmer Blick, so dass sie verstand. Wer es geschrieben hatte. Nicht so ein zaghaftes Hallo mit viel Luft, sondern ein Hallo mit Kraft und offenem Blick, die Lippen voneinander getrennt, so dass die Vorderzähne zu sehen waren, oh je, jetzt kamen sie, jetzt waren sie hier, jetzt musste ich es herausbringen:

»Äh, hallo!«

Sie schaute mich an. Ein Blick für den Bruchteil einer Sekunde, dann war er wieder woanders. Fort. Nicht ein Ton von ihr, keine Antwort, aber ein paar Meter weiter hörte ich, wie eine Freundin fragte:

»Wer war der Kasper denn?«

Ich hatte dieses blöde Äh vorangestellt. Äh, hallo, nicht ganz locker Hallo, wie geplant. Und außerdem noch in viel zu hoher Tonlage. Hatte gemeckert wie eine Ziege. Verdammt, das hatte ich nicht gewollt. Hätte sie das Gedicht nicht gelesen, wäre ich nicht so aufgeregt gewesen, dann wäre es gut gegangen. Das musste der Grund dafür gewesen sein, warum sie nichts erwidert hatte, dass sie so getan hatte, als hätte sie nichts gehört. Dieses blöde Äh. Denn sie war doch wohl nicht sauer? Weil ich sie nicht schon früher gegrüßt hatte. Jetzt hatte ich einmal nicht Hallo zu ihr gesagt und sie hatte einmal nicht Hallo zu mir gesagt. Jetzt waren wir quitt. Jetzt konnten wir von vorn anfangen.

Aber wenn ich ehrlich zu mir selbst war, dann war mir klar, dass die Sache gelaufen war. »Dieser Kasper«, hatte die Freundin gesagt. Diese meckernde Ziege, die sich hinter der Ecke versteckt hatte. Ich hatte mich bis auf die Knochen blamiert. Schreibe das fünfhundert Mal an die Tafel:

Ich habe mich blamiert. Ich habe mich blamiert.
Ich habe mich blamiert. Ich habe mich blamiert.
Ich habe mich blamiert. Ich habe mich blamiert.
Ich habe mich blamiert. Ich habe mich blamiert.
Ich habe mich blamiert. Ich habe mich blamiert…

Nach dem Unterricht überquerte ich den Schulhof auf dem Weg zur Bushaltestelle. Ich war immer noch schlecht gelaunt, deprimiert und nicht so aufmerksam wie sonst. Fast am Zebrastreifen angekommen, spürte ich von hinten einen Arm kommen. Er umklammerte meinen Hals, so fest, dass ich nach hinten gerissen wurde, ich krächzte, bekam keine Luft.

»Wo ist Pålle?«, murmelte mir jemand ins Ohr.

»Ääh … hhhrrr … wer?«

»Pålle, die Schwuchtel. Los, raus damit!«

»Khrr … hhhh …«

Die Luft ging zu Ende. Ich spürte, wie mir schwarz vor Augen wurde. Der Kerl merkte es auch und lockerte den Griff so weit, dass ich gerade eben noch atmen konnte.

»Den kenne ich nicht …«, presste ich hervor.

Als Antwort bekam ich ein Knie ans Steißbein. Der Arm drückte zu, dass ich zu Boden ging, dann traf mich ein Tritt am Schenkel. Jetzt konnte ich sehen, dass sie zu zweit waren. Der eine war der Kerl aus dem Klo mit den gegelten Haaren. Der andere war groß gewachsen, hatte Sommersprossen und eine Himmelfahrtsnase wie ein Schwein. Ludvig und die Schweinefresse.

»Wir werden ihn finden. Grüß die Schwuchtel von uns. Der Kerl ist schon so gut wie tot, sag ihm das.«

Während ich versuchte, auf die Beine zu kommen, schlenderten sie davon. Mein Schenkel brannte wie Feuer, auf den Handflächen war die Haut aufgerissen. Der Rücken tat so weh, dass ich mich krümmen musste, um nicht zu schreien. Es war weit und breit kein Zeuge zu sehen, niemand schien bemerkt zu haben, was passiert war. Humpelnd ging ich zur Bushaltestelle.

KATOPPEL 9

Wir spulen den Film zurück. Zurück, noch ein bisschen, stopp!

»Wo ist Pålle?

»Ääh … wer?«

»Pålle, die Schwuchtel. Los, raus damit!«

Die Luft ging zu Ende. Ich spürte, wie mir schwarz vor Augen wurde. Mit aller Kraft warf ich mich nach hinten. Der Kerl mit dem Schweinegesicht war darauf nicht vorbereitet, ich fiel mit meinem gesamten Gewicht auf ihn, so dass er ins Wanken geriet. Ich drückte noch weiter und spürte, wie wir fielen. Der Griff löste sich, als er versuchte, sich abzustützen. Gerade als wir auf dem Boden aufschlugen, drückte ich den Ellbogen nach hinten, weit in sein Zwerchfell hinein. Er krümmte sich heulend zusammen und versuchte einen Faustschlag auf meiner Schläfe zu landen. Ich duckte mich und schlug ihm fest aufs Nasenbein. Ein dumpfes Knirschen. Und dann überall Blut, hellrot und warm. Gleichzeitig ging der Kerl mit dem gegelten Haar, Ludvig, zum Angriff über, ein wütender Tritt zielte auf meinen Kopf. Im letzten Moment konnte ich mich zur Seite rollen. Kam schnell auf die Füße und fing an zu tänzeln. Kurze, harte Schläge auf seine Stirn und Wangenknochen. Er versuchte es wieder mit einem Kicktritt, aber ich rammte ihm den Ellbogen in den Schenkel. Ein scharfer Schnabel tief in den Muskel, überrumpelt taumelte er zur Seite. Jetzt verschärfte ich das Tempo, meine Schläge kamen immer schneller hintereinander und versetzten seinen Kopf in Schwingungen. Er versuchte zu parieren, war aber zu langsam. Ich tanzte wie eine Wespe, aufblitzende, schnelle Ausfälle, die seine Augenbraue platzen ließen. Klebriges Blut in den Augen. Ludvig keuchte, das Weiß in seinen Augen war zu sehen und noch etwas anderes.

Angst.

»Welchen Arm soll ich dir brechen?«, fragte ich. »Den rechten oder den linken?«

»Du bist erledigt«, zischte er und zielte mit einem rechten Haken direkt auf mein Kinn.

Ich sah ihn wie einen D-Zug kommen, tausend Tonnen Stahl mit Lichtgeschwindigkeit. Mit einem schnellen Ruck senkte ich den Nacken und spürte, wie der Luftzug vorbeisauste. Gleichzeitig packte ich das Handgelenk, führte die Bewegung weiter in dieselbe Richtung fort, drehte den Arm um ein Viertel und verpasste ihm einen Ruck. Mit einem trockenen Knacks brachen beide Knochen im Unterarm. Die rechte Hand fiel wie ein Sack herunter, und geschockt begriff er, was passiert war. Schreiend sank er auf die Knie, neben seinen Kumpel, der durch die zermalmte Schweineschnauze schnorchelte.

»Du hast dich für den rechten Arm entschieden«, sagte ich. »Dumm gelaufen, schließlich habe ich gesehen, dass du Rechtshänder bist.«

»Du bist… du bist… du bist…«

»Wenn du ›erledigt‹ sagst, dann breche ich dir noch den anderen.«

Der Typ verstummte, seine Oberlippe zitterte.

»Übrigens lässt Pålle schön grüßen«, fuhr ich fort. »Und bis zum nächsten Mal. Dann geht es rund.«

Der Tagtraum verblasste, ich stand im Badezimmer und betrachtete den blauen Fleck am Oberschenkel, der brannte und knallrot strahlte. Vorsichtig pulte ich Sandkörner und Dreck zwischen den Hautfetzen der linken Hand heraus, mit der ich mich im Fallen abgestützt hatte. Der letzte Satz musste noch besser werden. So eine richtig ätzende Drohung, bevor man davongeht. Bis zum nächsten Mal. Dann setzt es was. Nein, zu billig.

Bis zum nächsten Mal. Dann fällt der Vorhang.

Bis zum nächsten Mal. Das wird euer Untergang.

Ja, das saß. Zurückgespult. Ich breche also den Arm des Kerls mit einem hässlichen Knacksen und sehe, wie er neben seinem blutigen Schweinevisagenkumpel zusammenklappt. Großaufnahme auf meine stahlgrauen Augen. Sie sind nicht stahlgrau, aber das lässt sich digital hinkriegen. Großaufnahme auf meine mahlenden Wangenmuskeln. Ich habe ihnen eine Lektion erteilt, aber kontrolliert. Ich hätte sie zermalmen können, ihnen die Scheiße aus den Gedärmen drücken, wenn ich gewollt hätte, aber ich habe mich dazu entschlossen, sie so zurückzulassen. Wie eine Botschaft. Nicht nur an sie, sondern an all das Böse, das dahinter lauert. Eine Botschaft an alle Stinkstiefel der Welt, die ihnen zu denken geben wird.

Und dann, nach einem unergründlichen Schweigen, bitte ich darum, sie von Pålle grüßen zu dürfen. Bis zum nächsten Mal. Das wird euer Untergang.

Und während der Satz noch nachklingt und dem Kinopublikum im Gedächtnis bleibt, der Held davonschreitet, schiebt sich ein Gesicht in Großaufnahme davor. Es ist ein Mädchen mit rabenschwarzen Haaren und smaragdgrünen Augen, voller intensiver Sehnsucht. Sie kann ihn nicht aus den Augen lassen. Er geht, um vielleicht niemals wieder zurückzukehren, und sie wird ihn niemals vergessen können. Sein Bild ist in ihr Herz gebrannt. Es tut so weh, die Sonne versinkt über den Feldern, und da ist auch noch diese schmerzhaft schöne Musik, eine einsame Flöte über den weinenden Gitarren …

»Hast du Prügel bezogen?«

Mama steht in der Badezimmertür und betrachtet mich, wie ich da in der Unterhose stehe.

»Ich … hm … ich bin nur hingefallen …«

»Gib dir keine Mühe, du bist getreten worden, so was habe ich schon in der Notaufnahme gesehen, da sind noch die Spuren von der Schuhsohle.«

»Das ist vom Treppengeländer, Mama, ich bin auf der Treppe gestolpert.«

»Und woher kommen dann die Kieselsteine«, fährt sie fort und mustert meine Handflächen. »Warte, ich hole was.«

Mama verändert sich, wird plötzlich vollkommen ruhig. Keine Vorwürfe, kein Verhöre, wie ich es erwartet hatte, nur eine entschlossene Krankenschwester, die desinfiziert und Pflaster abschneidet.

»Ich denke, das sollten wir bei der Polizei melden«, sagt sie.

»Mama, da war nichts, ich bin nur …«

»Du kannst später erzählen, wenn du willst«, schneidet sie mir das Wort ab. »Aber nur, wenn du nicht lügst.«

Aus einem Schrank holt sie Eisspray und sprüht den blauen Fleck ein. Der Schmerz lässt nach, das Pochen ist fast verschwunden.

»Vielleicht sollte man das verbinden«, sagt sie. »Ist dir schwindlig?«

Ich schüttle den Kopf. Möchte plötzlich am liebsten losheulen.

Schlucke es hinunter, der Held schreitet davon, weit ausholende Schritte auf dem Geröll. Ich muss die Fassung bewahren, wechsle das Thema.

»Was war das Schlimmste, was du im Krankenhaus gesehen hast, Mama?«

»Das willst du gar nicht wissen.«

»Aber du hast schon mal Stichwunden gesehen?«

»Stichwunden sind nicht so schlimm, das ist nur ein gerader Schnitt. Auch wenn sie tief sind, haben sie meist schon aufgehört zu bluten, wenn sie bei uns ankommen, das liegt am Schock, dadurch ziehen sich die Adern zusammen.«

»Und hast du schon mal einen gesehen, auf den geschossen wurde?«

»Oh ja.«

»Und wie sieht das aus?«

»Das ist nur ein kleines Loch. Bei kleinkalibrigen Waffen steckt die Kugel oft noch in irgendeinem Knochen, und außerdem ist es schwarz um die Einschussstelle.«

»Von getrocknetem Blut?«

»Nein, das kommt vom Pulver, wenn der Schuss aus nächster Nähe abgefeuert wurde.«

»Und von einem Schrotgewehr?«

»Ja, das gab es auch schon.«

»Und das ist eklig?«

»Meistens sind es Jäger, die es schaffen, sich gegenseitig anzuschießen. Das ist dann wie Streusel über Rücken und Po, man muss sie mit einer Pinzette herausholen.«

»Aber dann war es aus großer Entfernung, oder?«

»Wie meinst du das?«

»Nun, wenn der Lauf abgesägt ist und es gibt einen Kampf…«

»Du sollst dir solche Filme nicht angucken.«

»Aber hast du so was schon mal gesehen, Mama?«

»Wenn so etwas in unserer friedlichen Stadt passieren würde, dann würde man sie wohl kaum bei uns in die Notaufnahme bringen. Dann sollte man sie lieber in einen großen Sack stecken.«

»Dann hast du es also schon mal gesehen?«

»Hör jetzt auf.«

Sie zögerte. Schloss kurz die Augen, ihre Stimme wurde härter.

»Das Schlimmste, was ich gesehen habe, das waren die Kinder. Bei Kindern ist es immer am schlimmsten. Nicht Messer oder Schrotflinte, sondern ganz normale kleine Kinder. Ein Mädchen, das ohne Helm von der Schule nach Hause geradelt ist, sie hatte ihn wohl vergessen, vielleicht hatte sie es eilig. Sie fuhr einen Abhang hinunter, auf dem Schotter lag, da kam ein Toyota aus der anderen Richtung, der nicht ausweichen konnte. Der Kopf… ihr ganzer…«

»Ist sie gestorben?«

»Du… ich…«

»Aber du kannst es mir doch erzählen, wenn sie es geschafft hat?«

»Wenn dich das alles so interessiert, dann solltest du

Arzt werden. Das ist der schönste Beruf auf der Welt. Jeden Tag etwas Gutes tun, gegen das Leid kämpfen. Übrigens, bist du dir sicher, dass du nichts am Kopf abgekriegt hast, lass mich mal deine Pupillen sehen.«

»Die hast du doch schon angeguckt.«

»Und wenn dich jemand zusammengeschlagen hat, dann musst du ihn anzeigen.«

»Mhm ...«

In dem Moment klingelte das Telefon. Mama sprang auf, eilte hin, und gleich klang ihre Stimme ganz sanft und zärtlich. Sie nahm den Apparat mit ins Schlafzimmer und zog die Tür zu. Ihr neuer Typ. Der mit den Riesenschuhen.

Ich setzte mich an den Küchentisch und dachte eine Weile an eine abgesägte Schrotflinte. Der Kerl mit der Schweinefresse, der angerannt kam, eine Salve direkt in den Bauch, ein Treffer, der alle Weichteile vom Körper riss, so dass nur noch das Rückgrat übrigblieb. Und Ludvig mit gegelter Mähne, jetzt kam der Kickboxtritt, den er schon so lange trainiert hatte, ein weiterer Schuss, dass sich das Knie löste, das ganze Unterbein. Der Schuh mit den Fußresten flog wirbelnd davon, und Ludvig war vollkommen verblüfft. Er war einfach nur verblüfft. Er war noch nie in seinem Leben so überrascht gewesen, verlor das Gleichgewicht auf seinem einen Bein und plumpste auf den Hintern, während das Blut aus dem Stumpf spritzte, wie aus einem Wasserhahn ohne Absperrhahn.

Das war eine schöne Vorstellung. Ich hob mir die Szene im Rachezentrum meines Gehirns auf. Das machte es etwas einfacher, mir selbst einzugestehen, dass ich Prügel eingesteckt hatte. Stift und Papier, schnell. Ich spürte, wie die Worte kamen:

Bombardier den Dreck
Bombardier den ganzen Dreck
Wirf Granaten in die Flure
Bomben auf die Gehirne
wirf Feuer in die Klassenräume, in die Klassenzellen
das Eckige wird rund
das Runde wird ein Herz
das Herz gefüllt mit Benzin und geworfen
dass die Seelen brennen
damit wir sterben und anfangen zu leben
damit das Dach sich hebt und wir ihn sehen können
den roten Himmel

Oh Scheiße! Oi oi oi. Ich ließ den Stift fallen. Oder besser gesagt, er fiel mir aus der Hand. Die Hand zitterte, als wollte sie abfallen, die Adern waren voll mit Nitroglycerin.

Ich las das Gedicht, und schwindlig stellte ich fest: Das war das Beste, was je geschrieben worden war. Also, jemals überhaupt, es war genial. Es war vollkommen. Das Gedicht schrieb sich als Nummer eins in die Literaturgeschichte hinein, niemand hatte zuvor diese Höhen erklommen. In unglaublich kurzer Zeit hatte ich mich zum besten schwedischen Poeten aller Zeiten entwickelt.

Ich war genial.

Eine Weile blieb ich sitzen und ließ es wirken. Sicherheitshalber las ich das Gedicht noch einmal, und es war immer noch genauso perfekt. Nicht zu übertreffen. So war es also: Ich war ein Genie. Das musste mit meinem neuen Leben zu tun haben. Mit dem Kittel. Ich hatte mein altes Leben weggeputzt, wie man einen Kellerverschlag räumt. Weg mit allem Gerümpel, Schrott und Mist. Und mitten in all dem wertlosen Zeug hatte also ein Block aus poliertem Erz gestanden. Ein Steinblock. Ein Monolith, so erhaben und fest, er erschien göttlich zwischen den alten Kleidern, den Winterschuhen und den Plastikschlitten. Jetzt wartete er dort unerschütterlich. Jetzt war er mein Schicksal. Der Beweis meiner unzweifelhaften Größe.

»Was schreibst du da?«, fragte meine Mutter, ihre Wangen waren vom Telefongespräch immer noch gerötet.

»Ach, das sind nur Hausaufgaben.«

»Kannst du dir heute selber was zu essen machen? Das wäre lieb. Ich hab einen Termin, etwas wegen der Arbeit, muss gleich los.«

Sie konnte genauso schlecht lügen wie ich.

»Na klar«, sagte ich und legte eine Hand auf das Gedicht. »Kein Problem.«

Ich zitterte immer noch. Las das Gedicht noch einmal durch. Es war immer noch genau so gut. Mein Gehirn schwoll im Schädel an, bis ich wie ein Ballon davonfliegen konnte. Die Füße berührten kaum noch den Boden. Ich wünschte, die Menschheit könnte mich sehen, mich entdecken. Ich musste das Gedicht ins Netz stellen, wo alle es sehen konnten. Dort würde es wie ein Schmuckstück funkeln, wie ein erleuchteter Wolkenkratzer dort stehen zwischen eifrigen bewundernden Kommentaren, die sich über die Chatseiten ergossen.

Nein, nicht im Netz. Ich wollte die Reaktionen sehen, die Gesichtsausdrücke, mitbekommen, wie die Münder sich öffneten und die Kinnladen herunterfielen, beobachten, wie die Pupillen zu schwarzen Pingpongbällen anschwollen, um so viel wie möglich aufsaugen zu können.

Ich wollte noch einmal sehen, wie sie stehen blieb, in

ihren schwarzen Klamotten, wie sie sich vorbeugte und plötzlich ein Stromstoß durch ihren Körper fuhr. Ich selbst würde diskret in der Flurecke warten, wollte ja nicht stören, aber mein Gehirn würde sich jedes kleinste Detail einprägen. Wie sie mir entgegen kam, immer noch ganz benommen von dem Erlebnis, meinen Worten, dem Gewicht dieser Worte, und wie sie mir dann begegnete. Kein Ääh dieses Mal, vielleicht »Können wir reden?«. Sie bleibt zögernd stehen, hat immer noch weiche Knie, ist in ihren Grundfesten erschüttert, und sie berührt meinen Oberarm. Peng, ein Funke blitzt zwischen uns auf, dass wir außer Gefecht gesetzt werden, es entsteht eine Rauchwolke, zwei Rauchbüschel, die aufeinanderstoßen, während der Donner durch den Flur rollt und die Fensterscheiben vibrieren, Schüler werden wie Anziehpuppen gegen die Wände geschleudert, ausgeblasene Hüllen, Eierschalenreste, die an den Schwingtüren vom Wind zusammengetrieben werden. Und dann wird alles still. Der Nebel lichtet sich, während Glas klirrt, eine letzte Scherbe von den zerplatzten Fensterscheiben, der Rauch verzieht sich, und wir bleiben zurück, ihr Blick, der an mir klebt, wie eine Liebkosung an meinem Gesicht.

Doch dann fiel mir mein *Ääh* ein. Die Erinnerung traf mich wie ein Fausthieb und pisste die Filmleinwand gelb. Scheiße, wie konnte ich mich nur so blamieren?

Ich musste sie anrufen. Ich war einfach gezwungen dazu. Aber ich wusste ja nicht einmal, wie sie hieß. Der diesjährige Schulkatalog war noch nicht gedruckt, das würde noch ein paar Wochen dauern. Und die Klassenlisten? Ich holte sie heraus und blätterte mich durch die Kunstklassen. Jahreskurs eins, sie war ja wohl im ersten Jahrgang? Insgesamt zweiundzwanzig Schüler, mehr als die Hälfte Mädchennamen: Angelica, Dorothy, Filippa, Gina, Ida, Louise, Mette, Pirkko, Sanna, Unica, Zubeide – mein Blick flog über die Spalte. Hinter den Namen standen Adresse und Telefonnummer. Eine davon musste es sein.

Nervös nahm ich den Hörer. Es musste Gina sein, der Name passte zu ihr.

Eine raue Männerstimme antwortete. Scheiße. Ich versuchte mit Stockholmer Dialekt zu reden.

»Ha … hallo, ich suche ein Mädchen namens Gina Lundén.«

»Und mit wem spreche ich?«

»Ääh … Lars-Göran Attefall«, fiel mir gerade noch ein.

»Ja und?«

»Ja, wie gesagt, ich suche Gina. Es geht um Fotoaufnahmen.«

»Erzähl mir noch mehr vom Pferd.«

»Nein, Moment mal …«

»Ich bin ihr Freund, und du kannst dich verpissen!«

Klick. Wie schön. Ich musste es noch einmal versuchen. Mal sehen, Angelica …

»Angelica hier«, meldete sich eine helle Mädchenstimme.

Viel zu hell für sie, oder lag es an der Telefonleitung, dass …

»Hmm, hallo, ich heiße Lars-Göran Attefall und bin Film … ja, einer, der Filme macht.«

»Regisseur?«

»Ja, genau, Filmregisseur. Und ich suche ein nicht zu großes Mädchen mit schwarz gefärbten Haaren und grünen Augen.«

»Muss sie so aussehen?«

»Ja, hm … die passt am besten zur Rolle, das verstehst du doch.«

»Aber es gibt doch Schminke und Perücken. Und gefärbte Kontaktlinsen.«

»Ja, natürlich, aber … geht so ein Mädchen in deine Klasse? Die so aussieht?«

»Bist du ein Spanner?«

»Was?«

»Na, so einer, der Mädchen anruft und ausfragt, bist du so einer?«

»Nein, ich will nur …«

Klick.

Verdammt.

Und wenn sie jetzt bloggte? Oder bei Facebook war? Ich warf Mamas brummenden Computer aus dem Steinzeitalter an und ging ins Netz. Ich googelte einen Mädchennamen nach dem anderen, blätterte zwischen Blogs, Homepages und Chatrooms hin und her. Bald hatte ich den ersten Treffer, eine pistaziengrüne Homepage mit einem Foto, auf dem ich sehen konnte, dass Dorothy Argin von der Liste zu streichen war. Nach viel Mühe konnte ich noch weitere vier Namen streichen, keines war das Mädchen, das ich suchte. Aber es blieben immer noch viel zu viele übrig. Und im Netz konnte ich sie nicht finden.

Ich musste einen Brief schreiben. So einen alten Steinzeitbrief auf ganz normalem Papier. Und ihn überreichen, wenn ich sie in der Schule traf:

Hallo, fremde Freundin. Hoffe, du bist nicht sauer auf mich. Ich dachte, wir könnten uns vielleicht einmal treffen. Auf einen Kaffee? Ruf mich an …

Nein, sie würde sich kringelig lachen. Ich musste ihr imponieren, großartig und mystisch erscheinen:

Das Sternzeichen war explodiert. Die Äxte wurden von den Orks geschwungen, schwere Hufe ließen die Erde vibrieren. Der Widerstand ist unterirdisch, du erreichst mich unter der Telefonnummer…

Oder war das zu krank? Vielleicht hasste sie ja *Herr der Ringe*. Vielleicht war sie eher an Tieren interessiert?

Barfuß durch das Herbstlaub wandern, ein riesiger, grüner Salatteller, die Kühe sind frei, die Schweine laufen aus dem Schlachthaus und suchen nach einem Schulhof, um ihn aufzuwühlen. Ich habe eine Tomate gefunden, vielleicht gehört sie dir, rufe mich an unter…

Ja, so konnte es funktionieren:

Tomate gefunden, hört auf den Namen Hilding. Farbe rot in Richtung Ketchup. Hat Tomatennase, Tomatenhirn und ein rotes, schmachtendes Tomatenherz, zu finden, wenn du anrufst unter…

Ich versuchte es noch einmal bei Pålle. Keine Antwort.

Spürte, wie etwas näherkam. Etwas Ekliges war auf dem Weg.

Dann versuchte ich zu lernen, aber mein Körper war zu unruhig. Der kleine Lümmel richtete sich auf und fing an zu nerven. Ich beachtete den dummen Kerl gar nicht, schlug die Beine übereinander, drückte ihn runter und dachte an die abtörnendsten Sachen, die mir einfielen – kalter, klebriger Griesbrei, Gleichungen zweiten Grades, Filzpantoffeln, weiche Handtücher und Aktien. Aber mein Kumpel da unten ließ nicht locker.

Na gut.

Na gut, ich mache es.

Mein Blick fiel auf die Obstschale, die Mama auf die Anrichte gestellt hatte, unter anderem lag darauf eine braungefleckte Banane. Mit dem Messer schnitt ich die Spitze ab. Dann drückte ich vorsichtig, bis das Fruchtfleisch da drinnen ganz matschig wurde und wie aus einer Kaviartube rausgepresst werden konnte. Zurück blieb nur die feuchte, schlabbrige Schale. Ich holte den Kleinen heraus und schob ihn in das schlüpfrige Loch, es passte perfekt. Ein Gefühl der Umarmung, so wunderbar gefühlvoll und weich, sanft wie die Tore des Paradieses, glatte Häute, die umschlossen, ein Pelzhandschuh, ein Gefühl der Wärme, es fühlte sich vollkommen echt an, wie schwerer warmer Honig, Pfirsichhaut, ein Lecken von allen Seiten, in immer wilderen Kaskaden, es kamen Adler, Antilopen, jemand erklomm die Spitze des Mount Everest, stapfte umher auf der Rückseite des Mondes, Riesenfichten bogen sich im Sturm, Mikrophone wurden elektrisch, Tausende von Kröten sprangen auf Trommelfellen herum, Eierschalen stülpten das Innere nach außen, Ozeane hoben sich vier Meter und stürzten erneut hinab in ihre Tiefseegräben, bis die Erdachse sich verschob, bis der Regen nach oben fiel, bis die Luft trüb wie Milch wurde.

Hinterher konnte ich mich kaum noch rühren. Es war der beste Sex, den ich jemals mit mir selbst erlebt hatte.

KORPITTEL 10

Nächster Tag. Schwarzes Brett. Leute kamen und gingen. Ich wartete. Unter der Jacke die Worte. Sie zappelten wie Fuchswelpen. Zerkratzten mir die Brust. Wollten atmen. Leute kamen und gingen. Schweiß auf der Stirn. Ich tat, als schriebe ich eine SMS. Leute kamen und gingen. Das Gedicht brannte auf meiner Haut. Ich bekam Strahlenschäden. Ich wurde durchsichtig. Verwundet.

Die Leute verschwanden. Der Flur war leer. Mit faltigen Fleischhänden boxte ich das Gedicht ans Schwarze Brett. *Bombardier den Dreck! Bombardier den Dreck!* Schnell ging ich mit übergeworfener Kapuze davon, blutgetränkt. Frei.

Nach der Schule klingelte das Telefon. Es war Pålle.

»Wo zum Teufel treibst du dich rum?«, wollte ich wissen.

»Im Wald.«

»Ich bin von zwei Kerlen verprügelt worden. Aber die waren eigentlich hinter dir her.«

»Kein Problem. Kommst du?«

»Wieso?«

»Es ist Zeit, etwas auszuprobieren. Du weißt, was ich meine.«

»Hast du etwa … Mmh …«

Ich suchte im Schrank und nahm eine Dose braune Bohnen mit. Dann fuhr ich die Radwege entlang.

Pålle erwartete mich am Waldweg. Seine Freizeitkluft war zerknittert, die Haare standen ihm zu Berge, seine Augen waren rot vom Rauch.

»Hast du hier draußen geschlafen?«

Er zuckte nur kurz die Achseln, drehte sich dann um und fuhr vor. Ich folgte ihm in den kühlen, duftenden Herbstwald.

Dieses Mal radelte Pålle am Bunker vorbei. Der Waldweg machte eine Biegung und endete in einer kleinen Kiesgrube. Ein Trecker hatte eine Wunde in die Landschaft geschlagen, und zwar vor vielen Jahren, denn das Gestrüpp war inzwischen wieder bis auf Brusthöhe gewachsen.

»Ich hab ihn von Vater«, sagte er plötzlich.

»Okay.«

»Wenn Vater verreist ist, dann leihe ich ihn mir immer mal aus. Ich weiß, wo er den Schlüssel versteckt.«

»Ach so.«

»Wenn er das rauskriegt, sind wir des Todes. Vergiss das nicht.«

Ich schielte zu Pålle hinüber, sein Grinsen beunruhigte mich. Aber es war zu spät für einen Rückzieher.

»Des Todes«, wiederholte ich.

»Genau.«

Mit feierlicher Miene nahm er den Rucksack ab und legte ihn zwischen uns auf die Erde. Dann öffnete er den Reißverschluss. Drinnen lag etwas Glänzendes, war das Silber? Ein funkelnder … Kerzenhalter? Er zog die Rucksacköffnung auf, und jetzt sah ich es. Ein Schauer durchfuhr mich. Ein eisiger Zeigefinger fuhr das Rückgrat hinauf, bis zu den Haarwurzeln.

»Wahnsinn«, flüsterte ich.

»Nimm ihn. Nimm ihn einfach.«

Mit trockenem Mund streckte ich die Hand aus. Griff vorsichtig zu, hob das Teil ans Licht.

»Wie schwer …«

»Super, nicht wahr? Fühl mal.«

Zuerst zögerte ich. Die Angst wuchs, eine rote Warnlampe blinkte auf. Es prickelte in mir. Ich würde die Grenze überschreiten.

Dann streichelte ich das Metall. Ließ die rechte Hand um den Kolben gleiten, der Zeigefinger suchte automatisch nach dem Abzug.

»Passt wie ein Handschuh, fühl mal.«

Kaltes Gewicht, ein glänzendes, schönes Gefühl. Ich hob beide Arme an, stützte mit der linken Faust ab. Es gab eine Zielvorrichtung dort, eine Spitze am Ende des Laufs und eine kleine Beule mit einer Öse näher am Auge. Der Finger zog sich zusammen. Musste es versuchen, musste drücken, musste diese Schwere umklammern …

Ein fürchterlicher Stoß ließ meine Arme nach oben fliegen. Ich stolperte nach hinten und fiel hart auf den Hintern, während der Donner in schweren Wellen in meinen Ohren widerhallte.

»Scheiße, die war ja geladen!«

Pålle stand vorgebeugt da und kriegte sich vor Lachen kaum mehr ein, er griff sich den heißen Lauf, nahm mir den Revolver ab.

»Haha, du hättest dich selbst sehen sollen, was für ein Gesicht du gemacht hast …«

Es klingelte immer noch in den Ohren, die Schulter tat weh wie nach einer Prellung.

»Du hättest mir ja sagen können, dass die Pistole geladen war!«

»Revolver heißt das. Hast du es gespürt? Peng, ich weiß noch, wie Vater es mir erlaubt hat, was für ein Wahnsinnsgefühl.«

»Scheiße, wie der gesprungen ist!«

»Ein Rückstoß wie ein Pferdetritt. Erst standst du nur ganz ernst da … und dann zack, auf dem Arsch gelandet …«

Pålle hatte einen weiteren Lachanfall. Nicht einmal das Lachen klang entspannt bei ihm, es war schrill und kam irgendwie mit dem Einatmen, als tanzte ein Stepptänzer auf seinem Bauch.

»Aber du hättest mir doch sagen können …«

»Lektion eins. Behandle eine Waffe immer, als ob sie geladen wäre. Immer. Wenn du eine Waffe in die Hand nimmst, richte sie auf den Boden. Und dann überprüfst du, ob sie geladen ist. Auch wenn ich sage, die Waffe ist leer, guckst du selbst nach. Jemand kann eine Kugel drin vergessen haben. Jemand kann sich geirrt haben. Hier.«

Pålle streckte mir den Revolver erneut hin. Dieses Mal war ich vorsichtiger, richtete den Lauf zur Erde und untersuchte den Zylinder.

»Okay, da sind Kugeln drin. Ich sehe, dass er geladen ist.«

»Mach das Magazin frei. Und jetzt drehe es rum, guck's dir an. Es ist voll, sechs Patronen. Aber eine ist nur noch eine Hülse, das siehst du an dem Schlag.«

»Diese kleine Delle?«

»Ja, die hast du abgefeuert, du erinnerst dich doch noch, hahaha …«

Pålle gab mir eine neue Patrone. Ich pulte die leere Hülse heraus und schob die Patrone rein. Ließ vorsichtig die Trommel einrasten.

»So sicherst du. Schieb den Riegel dahin, so. Du kannst aus Versehen an den Abzug kommen, auch wenn er im Holster steckt. Ein Zweig kann sich festhaken, und Peng, hast du dir selbst in den Fuß geschossen.«

»Ein großer Zeh weniger …«

»Das hier ist ein Hohlspitzgeschoss. Wenn die Kugel trifft, wird sie platt und dreht sich. Sie saust wie eine Sägeklinge durch Fleisch und Knochen und zerfetzt Adern zu Brei. Wenn du da unten triffst, hast du keinen Fuß mehr.«

Pålle klang so sachlich, als spräche er über Vinylscheiben.

»Woher weißt du das alles?«

»Mein Vater. Hab dir doch schon erzählt, dass er im Heimatschutz ist. Jetzt pass auf.«

Pålle schob sich kleine gelbe Kügelchen in die Ohren und gab mir eine Apfelsine.

»Zwanzig Meter.«

Ich machte zwanzig große Schritte, bis ich an einen großen Felsen kam, auf den legte ich die Frucht. Dann lief ich zurück zu Pålle und sah, wie er mit beiden Händen die Waffe hob. Gleichzeitig stellte er sich breitbeinig hin, der ganze Körper bereitete sich auf den Rückstoß vor. Ich hielt mir die Ohren zu und schaute auf die Apfelsine. Sie sah so unglaublich klein aus, ein armseliger Kopf, unmöglich, ihn aus der Entfernung zu treffen. Der Revolverlauf zitterte, wie fest Pålle ihn auch zu halten versuchte. Ich hielt mir die Ohren zu.

Peng!

Ein heftiger Stoß durchfuhr Pålle, aber er blieb stehen. Aus der Mündung schoss eine Flamme, und im gleichen Moment explodierte die Apfelsine. Gelbes Fruchtfleisch spritzte in einer Wolke auf und verteilte sich mehrere Meter weit. Pålle senkte die Waffe, sicherte sie und nahm die Ohrstöpsel heraus.

»Wahnsinn!«, rief ich.

»Hohlspitzpatronen. Hast du gesehen? Hätte ein Gehirn sein können.«

Wir gingen zu dem Stein. Feuchte Schalenreste lagen über den Boden verstreut. Pålle legte eine neue Apfelsine hin. Dann reichte er mir die Ohrenstöpsel.

»Du bist dran. Erschieß die Apfelsine.«

»Ich werde niemals treffen.«

»Dann geh näher ran.«

Ich maß zehn Meter ab. Spannte den Körper. Machte mich bereit.

»Vergiss nicht zu entsichern«, sagte Pålle. »Und spann den Hahn.«

Er holte sein Handy heraus und filmte mich. Aber wie sehr ich mich auch anstrengte, die Apfelsine tanzte hin und her. Durch das Gewicht schliefen mir die Arme ein. Schließlich musste ich die Waffe senken und erst mal Kraft schöpfen.

»Ruhig atmen«, ermahnte Pålle. »Finde das Gefühl, die Ruhe.«

Die Apfelsine da vorn veränderte sich. Langsam bekam sie ein Gesicht. Wurde zu einem verschwitzten, bedrohlichen Feind. Ludvig. Mit einem leisen Seufzer drückte ich ab.

Der Knall dröhnte durch die Ohrpropfen. Die Waffe

zuckte wie ein lebendiges Geschöpf, und es brannte bis in die Augenbrauen.

Als ich die Augen öffnete, lag die Apfelsine immer noch dort.

»Du hast zu niedrig gezielt. Das war der Stein.«

Pålle war schon dort und zeigte es mir. Eine weiße, tiefe Schleifspur im Fels.

Im nächsten Moment fiel der Vorhang. Ein Auge erlosch. Ich blinzelte und sank auf die Knie. Blut tropfte auf den Boden.

»Verdammte Scheiße, du bist verletzt!«

Ich fühlte mich schwindlig und musste ausspucken, kleine weiße Spuckebläschen. Mehr Blut quoll hervor, rot, nach Eisen riechend.

»Leg dich hin«, keuchte Pålle.

»Ich sterbe«, nuschelte ich.

»Was ist passiert?«

Mein Kopf dröhnte wie eine alte Schreibmaschine. Ein schönes Gefühl, sich hinzulegen. Pålle wischte mir die Stirn mit einem Stück Papier ab und schaute nach.

»Da ist ein Riss«, sagte er. »Kein Einschuss, zum Glück, zuerst hab ich geglaubt, du wärst vom Rikoschett getroffen worden.«

»Riko … rischok …«

»Blöd, den Stein zu treffen. Das muss ein Steinsplitter gewesen sein. Nur zwei Zentimeter vom Auge, du hättest blind werden können.«

Ich blieb auf der Erde liegen und erholte mich. Pulte geronnenes Blut aus dem Auge und wartete, bis ich wieder gucken konnte, wenn auch noch trüb. Pålle schälte die Apfelsine und bot mir süße, saftige Stücke an.

»Ich habe vorbei geschossen«, sagte ich.

»Das muss man üben.«

»Wer hat dir das Schießen beigebracht?«

»Es geht darum, sich vorzubereiten. Falls wir gezwungen sind, den Bunker zu verteidigen.«

»Okay.«

»Du weißt, was ich meine.«

Pålle sah vollkommen ruhig aus. Hier im Wald war er ein anderer geworden.

»Was würdest du machen, wenn jemand versucht, dich zu töten?«, fuhr er plötzlich fort.

Ich musterte ihn. Er schien auf eine sonderbare Art und Weise konzentriert zu sein. Seine Lippen glänzten feucht.

»Meinst du die Arschgeigen?«

»Wenn man wirklich davon überzeugt ist, dass es passieren kann. Dass einen jemand töten will. Also dich umbringen will.«

»Die wollen uns doch nur Angst einjagen, Pålle. Sie wollen dich verprügeln, aber wir werden sie schon bremsen.«

»Wie hält man einen Wahnsinnigen auf?«

»Man kann weglaufen. Es ist nicht feige, wegzulaufen, das Wichtigste ist, dass man davonkommt.«

»Und wenn man eingeschlossen ist?«

»Meinst du in einem Haus? Dann muss man sich verteidigen. Mit allem, was man hat.«

»Und schlagen und treten darf man auch?«

»Ja, natürlich. Mit Lampen, Stühlen, Blumentöpfen um sich schmeißen, mit allem, was sich in der Nähe findet. Beißen, versuchen, die Augen auszukratzen.«

»Aber wenn der andere nun viel stärker ist? Und du bist eingesperrt?«

»Dann musst du dich so teuer wie möglich verkaufen.«

»Mhm«, nickte Pålle nachdenklich.

»Ich helfe dir, Pålle. Es wird schwieriger für sie, wenn wir zu zweit sind.«

»Diese Ungewissheit, die ist das Schlimmste. Dass man es nie weiß. Zu spüren, wie es immer näher kommt, obwohl alles ganz ruhig ist. Strahlend blauer Himmel, der Hund schläft, langsam fängt man an zu glauben, man bilde sich alles nur ein. Man versucht die Gedanken wegzuschieben, aber sie sind einfach da. Verstehst du das?«

»Ja«, log ich.

»Du verstehst das?«

»Ich verstehe das.«

Er musterte mich mit einem merkwürdigen Blick. Keine Angst, keine Wut. Aber die Stimme klang plötzlich etwas gepresst.

»Komm, lass uns gehen und die Konserven sortieren.«

Abend. Habe beschlossen, August Strindberg eine Chance zu geben. Nach Meinung vieler der beste Schriftsteller Schwedens. Das Buch, das ich nur widerstrebend aus der Schulbibliothek ausgeliehen hatte, roch nach Rost. Nach dem Handschweiß von Hunderten von Schwedischschülern. Nach drei Seiten war ich kurz vorm Einschlafen. Ich kämpfte mich weiter, wollte dem Typen eine ehrliche Chance geben. *Der Sohn einer Magd.* Zehn Seiten ein einziger Brei. Gestelztes Geschwafel. Ich durchschaute ihn absolut, ein Bleichgesicht mit Munddiarrhöe, der mit Worten wie mit Klopapier um sich schmiss. Ein leicht durchschaubarer Bluff. Er wollte gar nichts mit seinem Buch, es gab kein Licht, keine Energie. Er wollte nur berühmt werden, die Leute sollten ihn anschauen und sagen: »Da geht der Dichter.« Er schrieb mehr als fünfzig Bücher und Stücke, das allein ist ja schon verdächtig. Kein anderer Mensch brauchte so viel Platz, um das auszudrücken, was ihn beschäftigte. Das war pathetisch. Ich blätterte auf die letzte Seite, um zu sehen, ob noch etwas passierte. Aber dem war nicht so. August Strindberg war eine Null, passend für Schwedischlehrer und Bibliothekare.

Ich spürte die Wut in mir aufsteigen. Stürzte ins Badezimmer und schaute in den Spiegel. Der Kopf tat mir weh, vorsichtig zog ich das Pflaster von der Augenbraue. Der Riss war dunkel wie schwarze Johannisbeeren und feucht von Eiter. Vielleicht war doch die Kugel dran schuld. Ein Kugelfragment, das zurückgeprallt war. Auf jeden Fall hatte ich eine Schusswunde. Man konnte geradezu sagen, dass ich angeschossen worden war, aber überlebt hatte. Aus dem Weg, Augüstchen, du bist schon lange tot. Ein steifer, verrotteter Kerl. Während ich hier stehe und blute.

Ich beschloss, den Wundschorf trocknen zu lassen und ihn nach ein paar Tagen abzukratzen. Wenn ich Glück hatte, wurde das eine saftige Wunde. Keine lächerliche Tätowierung mit Tribalen, Drachen oder japanischen Schriftzeichen, sondern echte Ware.

Selbst die Kopfschmerzen fühlten sich auf irgendeine Art und Weise frisch an. Echt. Erregend. Ich würde keine Schmerzmittel nehmen; wenn ich einen Revolverschuss überlebt hatte, dann würde mich dieser kleine Schmerz auch nicht umbringen.

Die Wohnungstür klackte, ich hörte, wie Mama ihre Schuhe abschüttelte. Schnell wickelte ich mir ein Handtuch um den Kopf und schnappte mir meine Zahnbürste.

»Hast du geduscht?«

Ich nickte, während ich mir so konzentriert die Zähne putzte, wie ich nur konnte. Überrascht hob Mama die kleinen Schutzpapiere vom Pflaster hoch, die neben dem Waschbecken lagen.

»Du hast dich verletzt.«

»Mbll … Kratschwunde«, murmelte ich mit Schaum im Mund.

Mit einem Griff zog sie das Handtuch weg. Die Krankenschwester. Sie konnte Blut wie ein Spürhund riechen.

»Das sieht ziemlich tief aus.«

Ich spuckte aus und spülte mir den Mund, um Zeit zu schinden.

»Also, ich … ich habe mich an einem Zweig geratscht.«

»Ein Zweig.«

»Im Wald. So ein dicker Zweig, man kann fast sagen, ein Ast.«

»Das muss genäht werden. Ich nehme dich mit in die Notaufnahme.«

»Nein, Mama …«

»Du hörst, was ich sage. Das sieht ziemlich tief aus.«

Ich begegnete ihrem Blick. Ich war größer als sie, und ich dachte an Strindberg. Der Sohn einer Krankenschwester.

»Du hast gehört, was ich gesagt habe«, platzte ich raus, »es ist nur ein kleiner Riss. Und jetzt gehe ich ins Bett.«

Und ich weiß nicht wie, aber sie schluckte es. Ich regelte mein Leben selbst. Ihre Notfallstationsaugen wurden weich, und sie suchte in ihrem Medizinkasten.

Als ich mich hingelegt hatte, kam sie mit einer Brausetablette und einem Glas Wasser. Sie säuberte die Wunde und fummelte ein wenig daran herum.

»Chirurgenpflaster«, sagte sie. »Hatte ich noch zu Hause.«

Ich betrachtete ihre Hände, sie arbeiteten schnell und routiniert. Sie hatte sogar Einmalhandschuhe übergezogen.

»Ist heute Abend jemand gestorben?«, fragte ich nach einer Weile.

»Ja, ist es tatsächlich.«

»Ein Alter?«

»Du weißt, dass ich Schweigepflicht habe. Ich darf nicht sagen, wer.«

»Warst du dabei?«

»Ja, ich war dabei.«

»Auch, als er gestorben ist?«

»Ich habe nicht gesagt, dass er männlich war.«

»Wie läuft das ab … Kriegt man Krämpfe und so?«

»Das kommt vor. Aber heute Abend war es ganz ruhig.«

»Ist er im Schlaf gestorben?«

»Nein, nicht direkt. Aber meistens stehen sie unter Medikamenten, die alles dämpfen.«

»Aber ist es trotzdem zu merken? Ich meine, in dem Augenblick, wenn es passiert?«

»Ja, das ist es. Es ist zu merken, es ist ziemlich heftig …«

Mama setzte sich auf mein Bett. Sie hatte einen dunklen Punkt auf dem Kinn. Es sah aus wie ein Blutspritzer.

»Du würdest dich als Arzt eignen«, fuhr sie fort.

»Ach.«

»Du solltest mal einen Tag mit mir kommen. Ich kann mit der Krankenhausleitung sprechen.

»Darf man das denn?«

»Du gehst doch auf den naturwissenschaftlichen Zweig. Das machen die meisten, die Arzt werden wollen. Ich kann sagen, dass du ein bisschen Praxis schnuppern willst.«

Leise zog sie die Wohnzimmertür zu, und ich hörte, wie sie sich ihren Abendkaffee machte. Ich blieb mit weit aufgerissenen Augen wach liegen. Es würde Stunden dauern, bis ich einschlafen konnte.

KAPITTEL 11

Ich weiß nicht, was zu sehen ich erwartet hatte, als ich auf den Kunstflur kam, aber nicht dieses Bild. Vor dem Schwarzen Brett stand die Schulleiterin. Sie beugte sich vor, schob ihre Brille zurecht, eine kleine, leicht übergewichtige Dame in weißer Bluse, langem, graugemustertem Rock und braunen flachen Schuhen. Neben ihr standen zwei Kunstlehrer, ein sonnengebräunter Theaterpädagoge und ein grauhaariger Herr mit Pferdeschwanz, ich glaube, er unterrichtete Tanz.

Sie standen stocksteif da und betrachteten konzentriert das Schwarze Brett. Ich traute meinen Augen nicht. Sie lasen mein Gedicht. Das Gerücht über diese umwerfenden Texte, die am Schwarzen Brett aufgetaucht waren, musste sich bereits bis ins Lehrerzimmer verbreitet haben. Ich versuchte etwas von ihren Gesichtern abzulesen, schlenderte vorsichtig näher. Ich mischte mich unter eine Gruppe neugieriger Schüler. Sie hatten bemerkt, dass da etwas im Gange war, eine willkommene Unterbrechung des Schultrotts.

Die Schulleiterin richtete sich wieder auf. Sie ließ ihre Lesebrille an einer Kette um den Hals baumeln. Dann streckte sie die Hand aus, ergriff das Papier und riss mit einem Ruck das Gedicht ab.

Ein Aufstöhnen ging durch die Schülergruppe.

Die Rektorin dampfte ab, mit den Lehrern im Schlepptau.

Was zum Teufel…

Vollkommen verblüfft drängte ich mich vor. Wo mein Gedicht gehangen hatte, war es leer. Rundherum hingen die Texte der Kunstschüler über ihr albernes Kunstschülerleben und ihre Kunstschülerprobleme. Nur mein Gedicht hatten sie weggenommen.

Die Gedanken surrten wie ein Bienenschwarm in meinem Kopf. Und dann entdeckte ich sie. Sie stand am Rand der Schülergruppe, ihre grünen Katzenaugen blitzten.

»Das ist Zensur! Wir Schüler haben das Recht auf Meinungsfreiheit wie alle anderen, die Schulleitung hat kein Recht…«

In dem Moment entdeckte sie mich. Ich trat einen verwirrten Schritt vor. Teflon. Was hast du für eine Nummer? Tel… Telefon… Telefonnummer…? Nein, dieses Mal würde ich sie mit normaler Stimme grüßen, ruhig und freundlich, vielleicht noch mit einem kleinen Lächeln, nicht aufdringlich, dass es aussah, als würde ich auf sie zurennen, sondern einfach nur ein nettes, entspanntes kleines »Hallo«.

Sie wandte schnell den Blick ab. Tat so, als hätte sie mich nicht bemerkt.

Ich ging schweigend an ihr vorbei.

Im Arm hielt sie ihre Lehrbücher. Ganz oben drauf lag ein Collegeblock. *Schwedisch* stand handgeschrieben drauf. Und darunter *La…*, das Weitere verschwand unter einem schwarz lackierten Nagel. Der Anfang ihres Namens.

La?

Ich ging schneller, fast fing ich an zu laufen. Es brannte

in meinen Augenwinkeln, ich begriff, dass sie nie wieder mit mir würde reden wollen. In der Tür am Ende des Flurs war eine Glasscheibe, am liebsten hätte ich sie eingetreten. Zerschmettert. Mir vorgestellt, das wäre die fette Visage der Schulleiterin, ihre Altweiberbrille. Sie hatte mein Gedicht geklaut, jetzt lag es auf ihrem kalten Schreibtisch. Mein klopfendes, rohes Herz.

Da gab es nur eins. In einem der Gruppenräume war ein Computer frei. Ich setzte mich davor und tippte schnell ein:

Bombardier den Dreck
Bombardier den ganzen Dreck
Wirf Granaten in die Flure
Bomben auf die Gehirne
wirf Feuer in die Säle, in die Klassenzellen …

Das ganze Gedicht auswendig. Die Schulleiterin hatte mir den Zettel stehlen können, aber nicht das Gehirn. Ich druckte den Text aus und löschte ihn anschließend vom Bildschirm. Hinterließ keine Spur.

Ich wartete, bis es zur Stunde klingelte. Die Flure leerten sich, und die Schüler verschwanden in den Klassenräumen der Kunstschüler. Ein letztes Mädchen mit blonden Dreadlocks eilte ins Tanzstudio. Rhythmische Musik war von drinnen zu hören, die Anweisungen eines Lehrers. Die Tür fiel wieder ins Schloss, und es wurde still. Schnell lief ich mit meinem Ausdruck zum Schwarzen Brett.

Aber der Platz war besetzt. Überrascht starrte ich darauf. Dort hing ein neuer Zettel mit hingekritzelter Handschrift:

Bombardier die Schule
wirf Bomben in die Schule
wirf Bomben ins Klassenzimmer
zünde den ganzen Mist an
dass alles brennt

Ich brauchte ein paar Sekunden, dann begriff ich. Jemand hatte versucht, mein Gedicht aus dem Gedächtnis aufzuschreiben. Nicht sehr genau, doch das Gefühl war da. Die Glut. Mir war klar: das musste sie gewesen sein. Das war La gewesen. Ihr hatte mein Gedicht so sehr gefallen, dass sie versucht hatte, es nachzudichten. Ich konnte sie vor mir sehen, über ihren Collegeblock gebeugt, die Freunde um sie herum, ihre schwarz lackierten Nägel am Stift.

Ich nahm ihr Papier ab und heftete mein eigenes Gedicht ans Brett. Faltete ihren Zettel und schob ihn mir in die Hosentasche. Dabei fiel mir ein, dass er jetzt fast direkt an meinem Oberschenkel lag. Ihre Finger, die mit leichten, schnellen Bewegungen schrieben. Auf meine Haut schrieben.

In der Mittagspause setzte ich mich in die Schulbibliothek und nahm mir das Lyrikregal vor. Bis dahin hatte ich mich noch nie für Gedichtsammlungen interessiert, dünne Bücher mit merkwürdigen Titeln und hässlichen Umschlägen. Wenn ich die Bücher öffnete, knackten sie oft, als wären sie ganz neu, als wäre ich der Erste, der in ihnen blätterte. Es gab nicht viele an der Schule, die Gedichte lasen. Worte, die niemand brauchte, tote Gedichte toter Dichter.

Ich nahm wahllos ein Buch heraus und fing an zu lesen. Wasserspiegel. Shit. Griechische Urnen. Shit. Lausche dem Gras. Shit. Tanz der Zeit. Shit.

Doch dann entdeckte ich einen Vers, an dem meine Augen hängen blieben.

Die alte gewöhnliche Kahlheit
Die alte gewöhnliche Kahlheit
Die alte gewöhnliche Kahlheit

Drei Mal dieselbe Zeile. Über einen kahlen Kopf? Haha, wie krank, und dann die Fortsetzung:

Die alte peinliche Gewöhnlichkeit
Die alte gewöhnliche Peinlichkeit
Die alte peinliche Freundlichkeit

Verdammt, was war das? Ich bepisste mich fast vor Lachen. Das ging im selben Stil so weiter, eine ganze Seite nur mit diesem Gestammel, haha, total heftig, hahaha, die Leute in der Bibliothek fingen schon an, mir verwunderte Blicke zuzuwerfen.

Der Typ hieß Gunnar Ekelöf. Soweit ich sehen konnte, hatte er keine Glatze, er hatte auf dem Foto dünnes graues Haar und sah mürrisch aus. Eifrig blätterte ich weiter, stellte aber enttäuscht fest, dass seine anderen Gedichte holzig waren. Aber einmal war es ihm gelungen. Ein einziges Mal war er auf mein Niveau gelangt. Ich nahm meinen Stift und schrieb das Gedicht von Anfang bis zum Ende ab. *Perpetuum mobile* hieß es. Die Ewigkeitsmaschine.

Ich holte mir ein anderes Buch und las:

Diese fetten Lakaien auf den speckigen Sofas

Peng! Die Zeile handelte ja von den Arschgeigen. Das Gedicht war lang, ich blätterte schnell weiter:

Wie eine drohend grummelnde Wolke wandre ich
durch die Welt – ein schöner Jüngling
von zweiundzwanzig Jahren

Ein Poet mit Biss! Einer, für den Leben Streit bedeutet, ein Rebell, einer, der zuschlägt. Das Gedicht war zu lang, um es abzuschreiben, ich musste das Buch ausleihen. In dem Moment merkte ich, dass jemand neben mir stand.

»An den Laternenpfählen hänge man sie noch höher, unsere hohen Herren und Oberpriester.«

Es war Greger. Heute in mittelblauem Hemd mit dunkelblauem Schlips.

»Was?«

»Wladimir Majakowski. *Eine Wolke in Hosen.* Vor meinem zweiundzwanzigsten Geburtstag habe ich das ganze Gedicht von Anfang bis Ende auswendig gelernt, das meiste sitzt immer noch. Ein Jammer, dass er sich erschossen hat.«

»Hat er das?«

»Übrigens, hast du Knut Hamsuns *Hunger* gelesen?«, fragte Greger und zog einen Roman heraus. Garantiert auf einer Ebene mit Strindberg.

»Strindberg ist eine Null.«

»›Mein Feuer ist das Größte in Schweden.‹ Das hat er über sich selbst gesagt, der gute August. Aber Hamsun, den darfst du nicht verpassen. Lies nur mal den ersten Satz.«

Ich nahm die Bücher und ging. Wollte nicht weiter diskutieren. Ich hatte das Gefühl, er wollte ein Freund von mir werden. Aber etwas verwirrt war ich schon, Greger hatte Majakowski gemocht. Das hätte ich nie gedacht.

Und Strindberg ein angeberischer Idiot. Das hätte man sich schon denken können. Nun ja, heutzutage wäre dann sein Feuer das zweitgrößte in Schweden. Nach meinem.

Wie zufällig schlenderte ich wieder den Kunstflur entlang. Vor dem Schwarzen Brett standen ein paar Schüler, heftig diskutierend. Ich schaute durch die Gruppe hindurch und stellte fest, dass mein Gedicht wieder verschwunden war. Stattdessen war eine bedruckte Seite mit dem Logo der Schule obendrauf festgepinnt:

Das Schwarze Brett darf nicht für die Aufforderung zu kriminellen Handlungen benutzt werden. Alle derartigen Zettel werden umgehend entfernt. Die Schulleitung

Die Rektorin war wieder hier gewesen.

Ich suchte noch einmal den Schulcomputer auf. Dieses Mal machte ich zehn Ausdrucke. Ein Gedicht heftete ich direkt über das Papier der Schulleitung, die anderen klebte ich hier und da an, über die Schule verteilt.

Das Herz wird gefüllt mit Benzin und geworfen
dass der Unterricht brennt

Niemand bemerkte etwas. Grinsend ging ich ins Chemielabor, wo wir verdünnte Salpetersäure neutralisieren sollten, indem wir Ammoniaklösung drauf träufelten. Weißer Laborkittel obligatorisch.

Bevor ich in den Bus stieg, machte ich eine letzte Runde durch die Schule, um meine Gedichte zu überprüfen. Alle waren weg. Sie hatten jedes Einzelne abgerissen. Der Alarm musste ausgelöst worden sein, der Hausmeister war durch die Schule marschiert und hatte sie gesäubert.

Jetzt bekam ich richtig schlechte Laune. Das Einzige, was mich ein wenig tröstete, war, dass jemand über den Warnbrief der Schulleitung »Zensurfaschistin« geschrieben hatte. Ich war mir nicht sicher, meinte jedoch die Handschrift wiederzuerkennen.

La. Wo war sie jetzt? Wie konnte ich sie erreichen?

Sobald ich zu Hause war, holte ich die Klassenlisten hervor und suchte die der Kunstklassen. Leif. Lena. Linda. Aber nichts mit La, hatte ich mich geirrt? Oder war sie im zweiten Jahrgang? Sie sah jünger aus, aber sicherheitshalber ging ich die Listen auch noch durch. Lorens. Lotta. Lucia. Louise.

Und da. Ich war mir sicher, sobald ich den Namen sah. Ich spürte es in meinem Herzen.

Lavendel Johansson.

Skeppargränd 18.

Ich griff zum Telefon. Tippte die Nummer ein. Aber auf halbem Weg zitterte meine Hand, so dass ich gezwungen war, aufzulegen.

Was sollte ich ihr sagen?

»Hallo, hier ist der Typ mit dem Putzkittel. Ich glaube, wir haben gemeinsame Interessen, ich habe gesehen, wie du in der Schule mein Gedicht gelesen hast ...«

Ich wiederholte die Sätze mehrere Male vor dem Spiegel im Badezimmer, versuchte, den richtigen Tonfall zu treffen. Es musste beim ersten Mal klappen, ich würde nur eine einzige Chance haben.

»Welches Gedicht?«, würde sie fragen.

»Das die Schulleiterin geklaut hat. Das war von mir. Ich habe es geschrieben.«

»Aber du bist doch gar nicht im Kunstzweig?«

»Nein, aber ich schreibe. Ich bin eine Wolke in Hosen.«

»Tatsächlich?«

»Die alte gewöhnliche Kahlheit. Die alte gewöhnliche Kahlheit. Wir sollten uns auf eine Tasse Kaffee treffen …«

Okay. Ich war bereit. Die Repliken waren durchexerziert worden. Der Telefonhörer. Die Ziffern. Handschweiß, falsche Nummer getippt. Noch einmal.

Freizeichen. Freizeichen. Wieder Freizeichen.

»Johansson.«

Eine tiefe Frauenstimme. Ihre Mutter?

»Ja, äh … Ich suche nach La … Lavendel.«

»Und wer bist du?«

»Ich weiß nicht«, krächzte ich, »nein, ich meine …«

»Latte hat dich aufgefordert, anzurufen, nicht wahr?«

»Wer ist Latte?«

»Er steht doch neben dir, ich kann ihn atmen hören.«

»Ich möchte Lavendel sprechen …«

»Schöne Grüße an Latte, und sag ihm, dass ich erst die Alimente haben will. Dann kann er wieder anrufen.«

»Die Alimente?«

»Er ist ja oft spät mit dem Geld, aber jetzt habe ich die Nase voll.«

Dann schmiss die Frau mir den Hörer ans Ohr.

Ich blieb vor dem Telefon sitzen, mein Kopf war vollkommen leer, oder er war vollkommen verwirrt, oder leerkommen voll und verkommen wirrt.

In dem Moment bemerkte ich jemanden an der Wohnungstür. Die Klinke wurde entschlossen hinuntergedrückt. Aber ich hatte abgeschlossen. Ein langer, scharfer Klingelton durchschnitt die Stille.

War das Mama? Sie musste ihren Schlüssel vergessen haben. Das kam manchmal vor, also öffnete ich, ohne vorher durch den Spion zu gucken.

Sobald ich den Schlüssel umgedreht hatte, wurde die Tür mit fast übermenschlicher Kraft aufgedrückt. Eine flache Hand drückte mich nach hinten, während sich jemand hereinzwängte.

Das Licht brannte nicht, im Dunkel konnte ich nur eine breite, schwarzgekleidete Gestalt erahnen.

»Hol Pål her.«

Die Stimme war aus Messing. Scharf und deutlich. Kein Schrei, nicht hysterisch, nur absolut entschlossen.

»Ich weiß nicht, wer das sein soll …«

Eine handschuhbekleidete Hand packte mich beim Oberarm. Der Griff fühlte sich wie eine Kette an, eine geschmiedete Fessel.

»Ich wiederhole mich nur ungern.«

»Meinen Sie Pålle? Ach so, nein, Pålle, der ist nicht hier …«

»Du lügst.«

»Ich weiß nicht, wo er ist, in der Schule war er auch nicht …«

Der Kerl schob mich beiseite und trampelte in die Wohnung. Es handelte sich um einen breitschultrigen Mann, mit sonnengebräuntem Gesicht mit kleinen, scharfen Falten, er war glattrasiert, die Kinnpartie breit und fleischig, die Augen klein und eisblau. Er trug eine dunkle gestrickte

Mütze, eine schwarze Jacke und geschnürte Stiefel, in denen eine dunkle Trainingshose steckte. Schnell durchsuchte er verbissen die Wohnung, Toilette, Flur, den Platz hinter dem Schlafsofa. Es dauerte höchstens eine halbe Minute, es sah so aus, als hätte er Übung darin.

»Sie haben kein Recht …«, setzte ich an.

»Pål!«, unterbrach er mich. »Du weißt, wo er steckt.«

»Er wird wohl zu Hause sein, ich habe keine Ahnung.«

»Du lügst. Ich kann den Menschen ansehen, wenn sie lügen. Und wenn ich sehe, dass sie lügen, dann kriege ich schlechte Laune. Kapiert?«

Jetzt packte er mich beim Nacken und drückte zu. Ein jäher Schmerz durchschoss meine Halssehnen, ich versuchte mich zu befreien. Ruhig zog er mich näher an sich heran, streckte den Arm, und plötzlich spürte ich, wie meine Füße vom Boden abhoben. Der Nacken tat verdammt weh, aber es war unmöglich, frei zu kommen.

»Nun?«, fragte er.

Nicht einmal sein Atem wurde schneller von der Anstrengung.

Der Bunker, dachte ich. Pålle ist im Bunker. Ich weiß, wo der ist, ich kann hinradeln und ihm den Weg zeigen, wenn er mir nur nichts tut.

»Ich habe keine Ahnung«, quakte ich. »Ganz bestimmt nicht.«

»Du hast ihn angerufen.«

»Jaaa … Pålle wollte Vinylplatten von mir kaufen. Er redet oft von Vinylscheiben.«

Das Muskelgesicht war direkt vor mir. Ich spürte seinen Atem, scharf und warm wie feuchtes Leder. Die Nasenflügel öffneten sich jedes Mal weit, wenn er atmete.

Der Griff löste sich. Der Kerl ging zu unserem Telefon, drückte aufs Display und guckte sich die zuletzt getippten Nummern an.

»Du hast Pål gestern angerufen?«

»Ja, aber ich habe ihn nicht gesprochen. Es war keiner zu Hause.«

»Was wolltest du von ihm?«

»Na, wegen der Vinylplatten. Wir reden kaum über etwas anderes. Er hat ja Massen davon zu Hause.«

»Über achthundert.«

»Was?«

»Die stehen im Regal. Mehr als achthundert Scheiben.«

Ein Eisschauer durchfuhr mich. Das Monster musste bereits bei Pålle gewesen sein.

»Aber … aber der Hund?«, fragte ich.

»Was meinst du?«

»Wie sind Sie an dem Hund vorbeigekommen?«

Zum ersten Mal bewegte sich das Fleisch in dem Gesicht. Es spannte sich, zog sich ein wenig zur Seite. Erschaudernd wurde mir klar, dass das ein Lächeln darstellen sollte.

»Wie ich an dem Hund vorbeigekommen bin? Ganz einfach. Ich bin Påls Vater.«

KAPITEL 12

Es war so ein Tag, den man gar nicht richtig mitbekommt. Ich saß zusammen mit Mama am Tisch, wir aßen Makkaroni mit Lachssoße. Meine Nackensehnen taten immer noch weh, es war ein Gefühl, als wäre ich auf einer Streckbank zwei Zentimeter länger geworden.

»Ich geh noch mal raus«, sagte ich.

»Aber wollen wir es uns nicht lieber gemütlich machen«, schlug sie vor. »Wie früher, richtig kuschelig.«

»Ich muss noch was erledigen.«

»Und was?«

»Außerdem brauche ich einen Hunderter. Bitte, du kriegst ihn wieder, wenn ich mein Stipendium kriege.«

»Dafür musst du den Boden wischen«, sagte sie.

»Wieso?«

»Du bist hier drinnen mit schmutzigen Stiefeln herumgelaufen, wie oft habe ich dir gesagt, du sollst sie ausziehen.«

»Aber das war …«

Fast hätte ich mich verplappert.

»Okay«, murmelte ich. »Versprochen.«

Sie gab mir den Schein, gleichzeitig fiel ihr offenbar noch etwas ein.

»Ach, du … nächsten Samstag. Kommst du da allein zurecht?«

»Über Nacht?«

»Howard und ich, wir haben uns gedacht… Ja, seine Kinder sind an dem Wochenende bei seiner Ex, und da haben wir gedacht, dass ich vielleicht die Nacht über bei ihm bleiben könnte.«

Dann hatte die Schuhgröße 48 also einen Namen bekommen. Howard.

Schwarze Jeans. Keine Sportschuhe, die haben Reflektorstreifen, die könnten leuchten, stattdessen alte Gummistiefel. Ein dunkelblauer Anorak, aus dem ich herausgewachsen war, die Ärmel waren zu kurz, aber er hatte eine schöne dunkle Kapuze, in der man sich verstecken konnte. Dunkelgraue Fingerhandschuhe. Ich probierte die Kleider vor dem Spiegel, ich sah aus wie ein Penner. Einer, der nicht auffiel. Perfekt.

Als draußen die Abenddämmerung einsetzte, fuhr ich auf dem Fahrrad zur Tankstelle. Von Mamas Geld kaufte ich eine Spraydose Farbe. Weiß würde man am besten sehen können. Ich stopfte sie in die Tasche, eingewickelt in eine Plastiktüte und bezahlte, ohne mit der mürrischen Kassiererin ein Wort zu wechseln.

Mit gesenktem Kopf radelte ich nach vorne gebeugt Seitenstraßen und Radwege entlang, so dass es vollkommen planlos erschien. Ab und zu vergewisserte ich mich, dass mir auch keiner folgte. Auf großen Umwegen erreichte ich schließlich mein Ziel. Vor mir ragte das Schulgebäude auf, groß und schweigend hinter den Birken auf dem Schulhof. Östra Läroverket. In der Dunkelheit ähnelte es einer Ritterburg. Die Mauern aus dunklen Ziegeln, hier und da war Licht in den Fenstern. Gab es tatsächlich Menschen zu dieser Uhrzeit da drinnen? Oder war es beleuchtet, um Einbrecher abzuschrecken?

Bislang war alles planmäßig verlaufen, aber jetzt wurde ich unsicher. Ich versteckte das Fahrrad in einem Gebüsch und zog die Kapuze bis auf ein kleines Guckloch zu. Gab es Überwachungskameras? Ich nahm es nicht an, musste aber dennoch damit rechnen. Mein Plan beruhte auf Schnelligkeit. Ein kurzer Sprint zur Schulmauer, sprayen, blitzschnell sprayen, und nach einer Minute wieder weg. Niemand würde mich in dieser Verkleidung wiedererkennen. Ich hätte noch eine Mütze aufsetzen sollen. Mit einem großen Schirm, der das Gesicht beschattet, aber dafür war es jetzt zu spät.

Mein Plan hatte einen Haken. Wenn der Hausmeister frühmorgens die gesprayte Schrift entdeckte, würde er sofort die Fassadenreinigung der Stadt anrufen. Und die würde umgehend herkommen und alles säubern, und noch bevor die ersten Schüler eintrafen, wäre alles weg.

Ich drehte den Kopf, studierte die Fassade. Es gab eine andere Möglichkeit.

Mit schrägen, zögernden Schritten näherte ich mich dem Schuleingang. Ich wollte nicht an meinem Gangstil wiedererkannt werden. Kurz packte ich die Klinke. Geschlossen. Sollte ich eine Scheibe einschlagen? Aber das wäre zu hören gewesen, da konnte jemand die Polizei rufen.

Unschlüssig versteckte ich mich im Schatten des Eingangs und suchte nach einer Lösung. Auf der Straße fuhr ab und zu ein Auto vorbei, die Scheinwerfer fegten über den Schulhof. Die Birken hatten fast alle Blätter verloren, sie standen wie schwarze Skelette in der Dunkelheit da. Die Luft war feucht und diesig, um die Straßenlaternen hatten sich glänzende Lichtkegel gebildet.

Plötzlich öffnete sich die Tür, und einige sich miteinander unterhaltende Damen kamen heraus. Frauen mittleren Alters, sie trugen irgendwelche Bücher unter dem Arm. Sie scherzten miteinander, sahen fröhlich aus. Ein Abendkurs? Vielleicht ein Studierkreis? Bald kamen noch welche. Sie knöpften ihre Mäntel gegen die Herbstkälte zu, nahmen lautstark und fröhlich voneinander Abschied und gingen zum Parkplatz. Diskret huschte ich näher und wartete. Jetzt kamen ein paar Nachzügler. Bevor die Tür hinter ihnen wieder ins Schloss fiel, sprintete ich auf leisen Gummisohlen vor. Gerade als der Schlosshaken einrasten wollte, bekam ich die Klinke zu fassen.

Ich war drinnen. Niemand schien mich bemerkt zu haben. Ein paar Stimmen näherten sich, schnell sprang ich in die Schülertoilette. In der Dunkelheit tastete ich mich zu einem der Verschläge vor und spürte, wie mein Puls pochte. Ich ließ zehn Minuten verstreichen, bevor ich vorsichtig hinausschaute. Der Flur lag still und verlassen da. Schnell lief ich lautlos zwei Treppen hinauf. Hier war ich richtig. Über die gesamte Vorderfront der Schule lief ein Flur mit großen Fenstern entlang. Ich öffnete das nächste und beugte mich hinaus. Unter der Fensterreihe dehnte sich die Wand aus, eine dunkle, einladende, endlose Ziegelsteinfläche. Das müsste klappen, wenn man sich hinausbeugte. Wenn man sich an der Fensterbank festhielt und sich jeweils in die gewünschte Richtung streckte. Es kribbelte im Bauch, als ich den Asphalt viele Meter tiefer entdeckte. Ein einziger Fehlgriff, und ich wäre ein feuchter Klecks da unten. Daran durfte ich gar nicht denken.

Ich holte die Spraydose heraus und schüttelte sie. Die kleine Metallkugel schlug gereizt gegen die Metallhülle.

Hinterher, im Bett.

Wasser. Ja, Wasser.

Man könnte sich einen See vorstellen. Nein, das Meer. Ein langgestrecktes Meeresufer. Weißer Sand, der sich bis zum Horizont erstreckt, Palmen, die in der Abendbrise schwanken, frische grüne Kokosnüsse, die am Ufer ins Wasser gefallen sind.

Und da liegt sie, ohnmächtig. Nein, nicht Lavendel. Sie nicht, aber jemand, der ihr sehr, sehr ähnelt. Nein, stimmt nicht, sie schreit und winkt draußen im Wasser, sie hat einen Krampf bekommen und droht zu ertrinken. Okay, so fängt es an, es gelingt mir, die Schöne ans Ufer zu bugsieren, und da fällt sie vor Erschöpfung in Ohnmacht. Ohne mich wäre sie krepiert. Und jetzt liegt sie da. In ihrem Bikini, schließlich hatte sie sich gesonnt und wollte nur noch ein letztes Mal ins Wasser springen. Und man erkennt die Brustwarzen durch den Stoff. Ich beuge mich vor, um ihre Herztöne zu hören, ich muss ja wissen, ob es noch schlägt, aber der Bikini ist im Weg. Ich kann so schlecht hören, bin gezwungen, ihn zu öffnen. Ich muss es einfach tun. Dann lege ich mein Ohr zwischen die weichen, warmen Brüste. Ich liege ganz gespannt da und lausche. Sie atmet nicht. Nein, sie atmet nicht oder zumindest nur lebensbedrohlich schwach. Deshalb muss ich es einfach tun. Ich lege ihr eine Hand unter den Nacken. Das lange Haar ist ganz weich. Die Sonne geht im Meer unter, bildet eine sich wiegende, rotrollende Zunge am Horizont. Ihre Lippen sind feucht. Erwartungsvoll. Eine Spur geöffnet.

Und ich beuge mich hinab. Meine Lippen auf ihren. Ich puste. Ein leichtes Erschauern, geradezu elektrisch, ein Lebenszeichen. Ein genussvoller Seufzer. Und dann bewegt sie die Hand, es ist ein Wunder. Sie legt ihre Hand sanft um meinen Nacken, ihre Lippen füllen sich mit Blut und Wärme. Und wir küssen einander, sie schlägt die Augen auf. Die sind grün wie Lagunen, es gibt einen Sonnenuntergang darin, und sie ergreift meine Hand. Führt meine Finger vorsichtig unter den Bikinisaum, während sie die Beine spreizt. Mir wird schwindlig, ich schließe die Augen. Mein ganzes zitterndes Ich sammelt sich in meinen Fingerspitzen, die sich vorsichtig in die weiche Tiefe tasten …

Jaa … Mmm …

Und dann?

Ich wusste es nicht so genau.

Wie fühlt sich ein Mädchen da unten eigentlich an? Feucht und glatt? Oder klebrig? Mit einem Schnurrbart rundherum und einem Knopf, auf den man drücken muss? Und wo saß der eigentlich? Man musste wohl ganz vorsichtig ein wenig herumsuchen. Sehen, ob ihr das gefiel. Damit man keinen Fehler machte. Und dann das Loch selbst, wo saß es in dem ganzen Kram? Und war es rund wie eine Toilettenpapierrolle oder zusammengedrückt? Wie kriegte man es auf? Wenn es nun zugeklebt war, was machte man dann? Sollte man direkt fragen? Nein, dann wirkte man ja wie ein blutiger Anfänger. Aber das war man ja. Nein, besser, zurückspulen zum Kuss. Wir machen es noch einmal. Also los.

Die Lippen, die sich ihren nähern, die ihnen schließlich begegnen. Und ein leichtes Zittern, geradezu elektrisch …

»Ich liebe dich«, flüstert sie.

Ja, das tut sie. Denn das ist ein Film mit Happy End.

KARTOFFEL 13

Knuspriger Himmel. Senkrechte Kälte. Jemand hatte die Schule getötet. Sie war ein geschlachteter Blauwal. Die Wunde lief die ganze Seite entlang, weiße, tiefe Stiche, bleiche Narben auf der dunklen Haut. Der Drachen war mit einem lächerlich kleinen Messer getötet worden, das immer wieder zugestochen hatte, bis es das Herz traf und das Leben entwich. Die Schule war besiegt, und ich stand unter Hunderten von Schülern und las:

Bombardier den Dreck. Bomben auf die Gehirne. Das Runde soll ein Herz werden.

Worte über die gesamte Fassade. Es war einfach schön. Alle waren ergriffen, standen mit offenem Mund vor dem Unerhörten. Mehrere lächelten. Einige fragten sich: »Wer?« Andere hoben ihre Arme wie bei einem Rockkonzert und knipsten mit ihren Handys. Eine Revolution hatte stattgefunden. Die Seelen öffneten sich, die Menschen spürten wieder Hoffnung. Oder nicht nur Hoffnung, es gab auch Wut und Freude und Hass, Geheimnisse, Verwunderung, Irritation. Sie fühlten. Sie erwachten. Jemand hatte den Aufkleber abgerissen, der auf die Welt geklebt worden war, und darunter öffnete sich die Wirklichkeit. Das Leben. Alle fingen an zu leben.

Eine Dame in bleigrauem Mantel kam vom Parkplatz heran. Die Schulleiterin. Sie registrierte die Menschenmenge und hob ihren Blick. Der Hals hüpfte, während sie las und schluckte.

Ich fühlte den Triumph. Alte, dieses Gedicht kannst du nicht abreißen. Es war zu spüren, dass sie unsicher wurde, sie ging ein Stück vor, blieb stehen, ging dann wieder weiter. Schließlich zog auch sie ihr Handy heraus und machte ein Foto. Aber der Text war viel zu breit, er passte nicht in die Linse. Noch ein Foto. Und noch eins. Anschließend eilte sie in ihr Büro.

Ein sehr dicker Herr mit Kameratasche stand plötzlich zwischen uns. Er holte so ein digitales Aufnahmedingsbums heraus und legte los:

»Hey, Leute, ich bin von der *Länstidningen*. Was haltet ihr von dem Ganzen hier? Wisst ihr, wer das gemacht hat?«

»Die Schulleiterin hat angefangen«, sagte ein Kunstschüler. »Sie hat eines unserer Gedichte abgerissen.«

»Euer Gedicht?«

»Ja, vom Schwarzen Brett in unserem Trakt.«

»Das hing dann in der ganzen Schule«, stimmte ein langer Lulatsch zu. »Aber der Hausmeister ist herumgerannt und hat alles abgerissen.«

»Dann ist das hier also ein Protest? Kann ich das so schreiben?«

Mehrere nickten.

»Aber was ist die Botschaft?«, fragte der Journalist weiter. »Bombardier den Dreck, Bomben auf die Gehirne. Das Runde soll ein Herz werden?«

»Poesie«, erklang eine Mädchenstimme.

»Was?«

»Das ist ein Gedicht. Poesie. Man kann selbst entscheiden, was es bedeuten soll.«

»Dein Name?«

»Lavendel Johansson.«

Da stand sie. Mir wurde innerlich ganz wabbelig.

»Und woher weißt du, dass es ein Gedicht ist?«, fuhr der Journalist fort. »Kennst du denjenigen, der es geschrieben hat?«

»Ich denke schon«, sagte sie.

Mein Herz setzte fast aus. Ich konnte mich kaum rühren.

»Wer ist es denn?«, fragte der Journalist.

»Ich sage keinen Namen. Aber er geht in meine Klasse.«

Überall wurde darüber spekuliert, wer wohl gesprayt hatte. Die Kunstschüler waren die Hauptverdächtigen, obwohl doch alle, die ihre Gedichte gelesen hatten, sehen mussten, wie erbärmlich sie im Vergleich waren. Bald waren überall in der Schule wieder handgeschriebene Zettel zu finden. *Bombardier den Dreck …* Dieses Mal war es nicht Lavendels Handschrift, sie mussten eine Widerstandsgruppe gebildet haben. Der Journalist keuchte auf den Fluren, die Kunstschüler wurden von ihm bevorzugt. Sie sahen so schön wild aus auf den Fotos mit ihren Rastalocken und ihren Piercings, und sie posierten bereitwillig vor dem Schwarzen Brett: »Hier begann der Schülerprotest.«

Die Arschgeigen aus meiner Klasse waren ziemlich empört darüber, dass sie nicht im Mittelpunkt standen. Sie bezeichneten die Kunstschüler als Kommunisten und Hippies, die den Ruf der Schule kaputt machten. Einer dieser Arschgeigen bedauerte lautstark, dass man diesen Abschaum nicht foltern, ihnen auch kein heißes Bügeleisen auf den Bauch legen durfte, bis sie schreiend den Schuldigen verraten würden.

Ich selbst schlich herum und lauschte. Schultern und Rücken taten nach der unbequemen Arbeitshaltung letzte Nacht weh, ich hatte kopfüber hängen müssen und war ein paar Mal kurz davor gewesen, runterzufallen. Aber das war es wert gewesen. An diesem Tag war etwas in der Schule passiert. Indem ich sie getötet hatte, hatte ich sie gleichzeitig geweckt. Sie hatte langsam angefangen zu atmen.

In der großen Pause ging ich aufs Klo. Als ich an der Pissrinne stand, fühlte ich plötzlich ein Schulterklopfen.

»Was macht die Schusswunde?«

Es war Pålle. Er trug seine Freizeitkluft und roch nach Lagerfeuer. Ich fummelte an dem Chirurgenpflaster auf der Augenbraue.

»Die heilt. Du, Pålle, die sind hinter dir her. Die Schweinefresse und Ludvig.«

»Ja, ja, das hast du schon mal gesagt.«

»Und gestern Abend, das war echt krank … dein Vater war bei uns zu Hause …«

»Mein Vater?«

»So ein sonnengebräunter Typ, mit rasiertem Schädel. Hart wie Stahl.«

»Ja, klingt wie mein Vater.«

»Er hat in unserer Wohnung herumgeschnüffelt. Hat wohl geglaubt, ich würde dich da verstecken. Er wirkte … wie soll ich das sagen …«

»Entschlossen?«

»Er wollte dich schnappen«, flüsterte ich und schaute mich um. »Ist der Revolver der Grund?«

Pålle antwortete nicht. Stattdessen lachte er ganz merkwürdig.

»Bombardier den Dreck... Hast du gesehen – es hat angefangen.«

»Was?«

»Jetzt geht es bald los. Jemand will Bomben schmeißen.«

»Ich glaube, das ist nur ein Gedicht«, wandte ich ein. »Es heißt, einer der Künstler hat es geschrieben.«

»Weißt du, wie einfach es ist, eine Bombe zu bauen? Man braucht gar kein Dynamit dafür. Du nimmst ganz normale Sachen, Tüten und Pulver, die du in jedem Farbengeschäft kriegst. Wiegst alles auf einer Haushaltswaage ab. Mischst das Ganze vorsichtig, darfst keine Synthetikklamotten anhaben, die sich statisch aufladen. Sonst kann es instabil werden, du lässt das Baby vielleicht auf den Boden fallen, und dann gibt es dein Viertel nicht mehr. Würde mich nicht wundern, wenn sie sie bereits gebaut haben.«

»Pålle, das ist ein Gedicht«, wiederholte ich. »Es handelt davon, dass wir nicht mehr wie Zombies leben sollen.«

»Woher weißt du das?«

Fast hätte ich es gesagt. Schließlich hatte ich ja auch sein Geheimnis erfahren. War er mein Freund geworden?

»Ich muss los«, sagte ich ausweichend.

»Okay.«

»Hüte dich vor der Schweinefresse.«

»Würde mich nicht wundern, wenn sie schon eine im Putzraum versteckt hätten«, sagte Pålle. »Oder hier auf dem Klo, vielleicht im Papierkorb. Fünfzig Kilo Nitro, das würde den ganzen Mist wegpusten.«

Pålle grinste schnaufend, dann ging er. Ich blieb mit einem unangenehmen Gefühl zurück. Dann wühlte ich im

Papierkorb. Nichts. Nur weiche, zusammengeknüllte Papierhandtücher, bis ganz unten. Aber in der Luft hing noch der Geruch von Waldbrand.

Mittags kam ein Kranwagen der Stadt auf den Schulhof gerollt. Ein Stahlarm mit einem Korb dran wurde in die Höhe gefahren, drinnen klammerte sich eine Gestalt in Overall mit Schutzmaske und Handschuhen fest. Als der Korb auf gleicher Höhe mit den weißen Spraybuchstaben war, startete ein laut knatterndes Aggregat, und ein Metallmundstück fing an, den Text zu bespucken. Langsam und unerbittlich wurden die Buchstaben abgetragen und verschwanden in nach Chemie stinkenden Nebelschwaden.

Aus dem Kunsttrakt kam eine Gruppe Schüler heranmarschiert und blieb unter dem Kran stehen. Allen voran Lavendel, verbissen und entschlossen, ihr Blick war eisenhart. Nie war sie mir schöner erschienen. Neben ihr ging ein langer, blond gelockter Knabe in einer schrecklich zerschlissenen Jeansjacke. Die war so kaputt, die musste er hinter einem Auto hergeschleppt haben. Um Stirn und Haarpracht trug er ein schmales Stirnband, wie auf einem Foto von Jimi Hendrix. Ich erkannte den Typen aus der Oberstufe wieder, er war eine Klasse über mir gewesen. Seine Eltern waren Schauspieler, die ab und zu in der Zeitung zu sehen waren. Es war zu spüren, dass der Typ Aufmerksamkeit suchte, er schob sich nach vorn, brüstete sich seiner Jeansjacke und versuchte sexy auszusehen. Da stand auch der Journalist wieder, er war zurückgekommen und knipste ein Foto nach dem anderen.

Die Gruppe stand unter dem Kran mit dem Graffitireiniger. Mehrere Buchstaben waren bereits ausradiert. Lavendel zog ein Papier heraus und holte tief Luft, um den Lärm zu übertönen.

»Ihr könnt auf uns herumtrampeln, aber ihr zerbrecht uns nicht! Ihr könnt uns unsere Gedichte nehmen, aber nicht unsere Gedanken. Ihr könnt unsere Worte ausradieren, aber nicht unsere Meinung. Wir werden nicht schweigen. Wir reißen den Asphalt mit unseren Schreien auf.«

Das war ein Gedicht. Sie hatte ein Gedicht gelesen.

»Und jetzt will Leonardo etwas sagen.«

Leonardo. So hieß er also, der Gelockte. Er zog ein Papier aus seiner ausgefransten Jeanstasche und begann mit gekünstelter, zitternder Theaterstimme zu lesen:

»Bombardier den Dreck … Schmeiß eine Bombe in alles …«

Der Reporter machte Fotos aus verschiedenen Winkeln. Leonardo mit dem Kran im Hintergrund. Jesus gegen das Römische Reich. Man konnte sehen, wie hübsch er am Kreuz hängen würde. Von meinem Gedicht traf er nicht besonders viele Worte. Er hatte versucht, sie zu benutzen, aber sie nur lächerlich gemacht.

»Hast du das Gedicht geschrieben?«, wollte der Journalist wissen.

Leonardo nickte und überreichte ihm das Papier mit dem Text. Ich war kurz vorm Platzen. Mein Gedicht, meine Wandmalerei, alles nahmen sie mir weg. Jetzt trete ich vor! Jetzt trete ich vor und sage, wie es ist. Aber genau in dem Moment …

»Ihr Arschgeigen! Verdammte Weicheier!«

Eine größere Gruppe von Schülern hatte sich angeschlossen und verfolgte neugierig, was auf dem Schulhof passierte.

Von hinten waren johlende Stimmen zu hören. Ich konnte die Schweinefresse und Ludvig heraushören.

»Kommunisten!«, brüllten sie. »Weg mit den Kommunisten von unserer Schule.«

»Wir haben das Recht zu reden«, sagte Lavendel.

Die Schweinefresse drängte sich mit verächtlichem Blick zu ihr vor. Ich weiß nicht, was er machen wollte, vielleicht sie schubsen, sie zum Schweigen bringen. Niemand wagte zu reagieren, Leonardo stand mit bleichem Gesicht daneben.

Da trat ich in den Film. Ich konnte gar nicht so schnell denken, meine Beine bewegten sich von ganz allein, ich machte ein paar schnelle Schritte, während die Welt den Atem anhielt.

Mit einer ausholenden Bewegung verpasste ich der Schweinefresse eins. Er kam ins Wanken, hätte fast das Gleichgewicht verloren. Hinter ihm stand Ludvig und fing ihn auf.

»Was zum Teufel …«

Ich stand wie ein Schutzschild vor Lavendel. Die Fresse richtete sich auf, lang und bullig, mit vor Schweiß glänzender Stirn. Ich konnte den Rotz in seinen weit aufgeblähten Nasenflügeln sehen. Er hob die Fäuste, wollte mich am Kragen packen und zu Boden werfen.

In dem Moment klickte eine Kamera. Der Reporter. Ein kleines elektronisches Klicken einer Digitalkamera mit einer schwarzglänzend glotzenden Kameralinse. Bereit, alles zu registrieren, was passierte.

Die Schweinefresse hielt abrupt inne. Er beugte sich vor und flüsterte so, dass nur ich es hören konnte:

»Das nächste Mal wirst du eine verdammt gute Lebensversicherung brauchen.«

»Eine Lebensversicherung?«, wiederholte ich mit lauter Stimme. »Wozu brauche ich denn deiner Meinung nach eine Lebensversicherung?«

»Du bist doch auch im Naturwissenschaftszweig!«, platzte Ludvig wütend heraus.

»Ja! Genau!«, war aus den Reihen zu hören.

»Verräter. Schwuler.«

Es waren die Arschgeigen, die langsam warm liefen. Sie reckten ihre Hälse in ihren Markenpullovern und suchten nach weiteren schlimmen Worten. Ich machte mich aus dem Staub.

»Haltet die Schnauze, ihr Feiglinge!«, rief jemand.

Ich drehte mich um. Es war Lavendel. Sie war einen Schritt vorgetreten und schien stinkwütend zu sein. Und plötzlich sah sie mich an. Mit diesen funkelnden grünen Augen, die immer größer wurden, die sich mit etwas füllten, das …

»Hure!«, schrie einer der weniger begabten Arschgeigen. »Hure, Hure, Kommunistenhure …«

Der Journalist machte sich emsig Notizen.

»Hört auf«, rief Leonardo. »Hört auf mit dem Geschrei.«

Er trat vor und legte einen Arm um Lavendel. Wollte wohl nicht ganz außen vor bleiben. Ich zwängte mich durch die aufgebrachte Menge von Arschgeigen, sie machten mir widerstrebend Platz. Wenn es keiner sah, bekam ich spitze Ellenbogen in den Rücken und die Rippen. Ich fühlte keinen Schmerz. Das, was weh tat, das waren Leonardo und Lavendel. Selbst ihre Namen schienen zusammenzugehören.

In der Schwedischstunde sollten wir von unseren Büchern berichten. Grrregerrr rief mich auf.

»Jean-Paul Sartre«, sagte ich. »*Der Existentialismus ist ein Humanismus.*«

»Nicht gerade das Einfachste«, nickte er.

»Die Freiheit«, sagte ich. »Das Buch handelt davon, dass man frei ist. Man kann sich aussuchen, wer man werden will. Es gibt niemanden, der von Anfang an mutig ist, man entscheidet sich dazu, mutig zu werden.«

»Und wie?«

»Man begeht eine mutige Tat. Auch wenn man Angst hat, kann man gegen den Strom schwimmen.«

»Kann man sich auch entscheiden, feige zu sein?«

»Ja, natürlich, das entscheidet man ganz allein. Man trifft sein Leben lang die Entscheidung. Vielleicht ist man feige und haut schnell ab, aber das kann man später nicht auf andere Dinge schieben. Denn man hat sich selbst entschieden, ein feiges Leben zu leben.«

»Was für eine große Verantwortung.«

»Das ist es, was die Freiheit ausmacht. Man kann sich nicht herausreden. Wenn man sich nicht entscheidet, dann ist das auch schon eine Wahl. Dann entscheidet man sich dafür, zu leben, ohne darüber nachzudenken, es gibt viele, die das aus Angst tun. Wenn alle begreifen würden, wie frei sie sind, würden sie riesige Ängste entwickeln, meint Sartre.«

»Wieso das?«

»Weil die Verantwortung so enorm ist. Es gibt keinen Gott, kein Schicksal. Es gibt nur dich selbst und dein eines Leben.«

»Danke«, nickte Greger. »Sehr gut. Wirklich sehr gut.«

Ich schielte in die Klasse. Mehrere der Arschgeigen taten, als schliefen sie, während die Idioten offenbar nicht die Bohne kapiert hatten.

»Dann nehmen wir die Nächste. Cornelia, du hast dir einen richtigen Klassiker ausgesucht.«

»Ja, *Das rote Zimmer* von August Strindberg. Ich muss sagen, das hat mir richtig gut gefallen.«

Sie ging mit frisch aufgelegtem Lipgloss ans Lehrerpult.

»August Strindberg war ein Schriftsteller mit einem riesigen Wortschatz. Man hat eine Statistik seiner Bücher aufgestellt, und an der kann man sehen, dass er unglaublich viele verschiedene Wörter benutzt hat. Und deshalb ist August Strindberg der größte schwedische Dichter, wenn er etwas schrieb, konnte er alle möglichen Worte dafür benutzen …«

Rettet mich, dachte ich verzweifelt. Holt mich hier raus.

Genau in dem Moment knackte es im Lautsprecher.

»An alle Klassen. Hier spricht die Schulleitung. Wir müssen die Schule räumen. Sämtliche Schüler und Lehrer verlassen augenblicklich das Schulgebäude. Ich wiederhole, die Schule wird sofort geräumt!«

Die Schüler sahen sich verwundert an. Dann Greger.

Der zog ein Blatt aus seinem Lehrerordner heraus und las vor:

»Sammelplatz ist der Schulparkplatz. Sicher nur eine Übung, wir gehen zu unserem markierten Feld, dann kann ich euch dort abhaken.«

Alle standen ruhig auf. Eine willkommene Unterbrechung in der Schultristesse. Auf dem Schulhof sammelten sich bereits einzelne Klassen. Die Stimmung war gut, teilweise geradezu albern. In dem Moment kam der Hausmeister angerannt.

»Zurück!«, schrie er. »Weiter weg!«

»Aber das ist doch nur eine Übung …«

»Das ist keine Übung. Geht weiter zurück. Da hat irgend so ein Wahnsinniger angerufen und gedroht, die Schule in die Luft zu sprengen.«

Ein Raunen ging durch die Menge. Alle zogen sich zurück, während gleichzeitig Hunderte von Handys aufgeregter Jugendlicher aus den Taschen gezogen wurden. In kürzester Zeit würde die Stadt davon erfahren.

KAPHITLER 14

Die Fernsehscheibe glänzte. Die Schulleiterin sah den Reporter an.

»Wir nehmen das Ganze äußerst ernst.«

»Was glauben Sie? Wer steckt hinter der Drohung?«

»Der Anruf war anonym. Aber wir haben in letzter Zeit beunruhigende Tendenzen an unserer Schule feststellen müssen. Schüler haben Flugblätter verbreitet, auf denen gedroht wird, das Schulgebäude zu sprengen.«

»Flugblätter?«

»Ja, Zettel. Wir von der Schulleitung haben versucht, sie zu entfernen, aber es wurden immer neue aufgehängt. Das Ganze scheint organisiert zu sein. Und heute Morgen war die gesamte Schulwand angesprüht.«

Ein Bild des Spraytextes wurde eingeblendet. *Bombardier den Dreck …*

»Wer steckt Ihrer Meinung nach dahinter?«

»Eine Art Komplott unter den Schülern. Sie scheinen gut organisiert zu sein, aber ihre Motive kenne ich nicht.«

»Wie geht es jetzt mit dem Unterricht weiter?«

»Die Polizei hat die Schule durchsucht, ohne etwas zu finden, deshalb wird der Unterricht morgen früh ganz normal wieder stattfinden.«

Die Schulleiterin hatte ein glänzendes Gesicht, fettige

Haut, ihr Blick war angespannt und gestresst. Das Bild wechselte ins lokale Fernsehstudio zu der blondierten Nachrichtensprecherin.

»Bei einem Verkehrsunfall auf der Reichsstraße wurde heute Vormittag ein sechzehnjähriger Junge angefahren. Er wurde mit schweren Verletzungen ins Krankenhaus gebracht …«

Ich rief Mama zu, die aus der Küche hereinkam:

»Wie ist es mit dem Jungen gelaufen?«

»Schlecht«, antwortete sie, »er liegt auf der IVA.«

»IVA?«

»Der Intensivstation. Was haben sie über deine Schule gesagt?«

»Wieso?«

»Na, eben im Fernsehen, was von Bomben, oder?«

An der Küchenwand hing das Bild mit Michel. Mama brauchte nur die Hand auszustrecken und die Rückfront ein wenig lösen, dann würde sie das Papier finden:

Bombardier den Dreck. Bombardier den ganzen Dreck.

Mit meiner Handschrift.

»Ich glaube, das war ein Gedicht. Jemand hat ein Gedicht ans Schwarze Brett gepinnt.«

»Aber mit Drohungen? Also ein Drohbrief?«

»Nein, die Schulleiterin muss das falsch verstanden haben.«

»Aber jemand hat doch in der Schule angerufen und gedroht. Das war bestimmt derselbe Schüler. Einer, dem es nicht gut geht.«

»Hm …«

Mama schwieg eine Weile. Es war zu merken, dass sie noch mehr auf dem Herzen hatte.

»Du«, fing sie dann an. »Was würdest du davon halten …«

Sie wand sich. Nahm einen Apfel aus der Obstschale, drehte ihn rundherum, betrachtete ihn von allen Seiten.

»Ja, es ist nämlich so, dass Howard und ich …«

Der 48iger, dachte ich.

»Wir haben darüber gesprochen, ob wir vielleicht … zusammenziehen.«

Ich sagte nichts.

»Natürlich nicht sofort. Aber vielleicht bald. Und dann ist ja die Frage … Ich meine, du wirst ja groß. Vielleicht ist es an der Zeit für dich, etwas Eigenes zu haben?«

Ich guckte sie an. Wenn man die Augen zusammenkniff, wurden ihre Ränder unscharf.

»Ich selbst bin mit sechzehn von zu Hause ausgezogen«, sagte sie, »und das war nicht ein Tag zu früh. Aber sag doch was, Junge. Was hältst du davon?«

Etwas zog sich in meinem Bauch zusammen. Zuerst Vater. Und jetzt auch Mama. Hieß das, dass man erwachsen wurde?

»Und das Geld?«, murmelte ich.

»Howard hat Geld«, sagte sie. »Er hat mir angeboten, dir bei der Miete zu helfen.«

Sie hatten also zusammengesessen und über mich geredet. Wie werden wir den Jungen los, damit wir unsere Ruhe haben?

»Warst du noch nie über beide Ohren verliebt?«, fragte sie dann flehend. »Man möchte am liebsten die ganze Zeit nur zusammen sein. Man denkt immer an den anderen.«

Jetzt wand ich mich. Es wurde langsam richtig peinlich.

Sie legte den Apfel wieder zurück und ging hinaus in die Küche. Ich hörte das vertraute Geräusch der Kaffeemaschine. Kurz darauf kam sie mit zwei Tassen und einer Packung Keksen zurück.

»Nun, wie ist es mit dir, mein Kleiner?«

Zurück auf Null. Gesichtsausdruck neutral.

»Du wirkst manchmal so einsam«, fuhr sie fort. »Triffst du nie ... nun ja, so ein Mädchen?«

Vakuum. Bunker.

»Ich dachte nur ... vielleicht möchtest du ja drüber reden? Weißt du, da fällt mir ein, ich weiß auch nicht, wieso, bei der Arbeit, da haben wir beim Röntgen zwei Krankenpfleger, die wohnen sogar zusammen. Die gehen ganz offen damit um, und keiner findet daran etwas merkwürdig oder so. Warte, wo willst du hin, ich habe doch gerade Kaffee aufgesetzt ...«

Raus, bloß weg hier. An die frische Luft, Sauerstoff.

»Bombendrohung gegen Schule« stand auf der Titelseite der *Länstidningen*. Und drinnen folgten die Überschriften: »Schüler wehren sich gegen Zensur«. Ein Foto von Leonardo, mit Locken wie ein Engel, und einem bescheuerten Blick, der wohl rebellisch sein sollte. Bildunterschrift: »Leonardo Bjälkes Gedicht erschien der Schulleitung zu provokativ.«

Fast hätte ich das Frühstücksbrot wieder ausgespuckt. Dieses Schwein. Dieses aufgeblasene, verfluchte Arschloch. Er hatte mir mein Gedicht gestohlen. Diese Null wollte auf meine Kosten ein Held werden. Und was noch schlimmer war: Neben ihm stand Lavendel. Er hatte den Arm locker um ihren Rücken gelegt. Sie warf ihm bewundernde Blicke zu. Sie waren zusammen. Das war ganz offensichtlich. Sie war ihm auf der Stelle verfallen, als sie erfahren hatte, dass er das Gedicht geschrieben hatte. Dieses Miststück hatte mir mein Mädchen weggeschnappt. Oder die, die mein Mädchen hätte werden können. Oder zumindest eine gute Freundin. Eine, die man auf dem Flur grüßt.

Allen, die den Artikel gelesen hatten, war klar, dass es die Künstler waren, die dahinter steckten. Die Kunstschüler hatten das Gedicht geschrieben und es in der ganzen Schule verbreitet, und sie waren auch schuld am Graffiti. Zwar leugneten sie es, aber man konnte ja zwischen den Zeilen lesen.

Weiter unten wurde die Schulleiterin zitiert: »Wir haben in letzter Zeit beunruhigende Tendenzen beobachten müssen.« Und die Bombendrohung, die war das Tüpfelchen auf dem i. Das Stück war bereits fertig geschrieben, und die Kunstschüler hatten die Hauptrollen an sich gerissen. Während ich wie eine Null hier hockte. Ein Loser. Welches Mädchen wollte mich schon haben? Selbst meine Mutter fragte sich, ob ich nicht schwul war. Mein neues Leben wurde langsam meinem alten verdammt ähnlich, ich war zurück auf Start. Sartre hatte sich trotz allem geirrt. Man konnte sich nicht dafür entscheiden, jemand anderes zu sein, wie sehr man auch darum kämpfte.

Im Bus spürte ich eine aufsteigende Unlust im Bauch. Wäre Leonardo hier gewesen, ich wäre zu ihm gegangen und hätte ihn angespuckt. Stattdessen zog ich das Buch von Knut Hamsun heraus. Der erste Satz, hatte Greger gesagt. Guck dir den ersten Satz an.

»Es war in jener Zeit, als ich in Kristiania umherging und hungerte.«

Die Hauptperson war jung und verzweifelt, genau wie ich. Hungern. Ja, warum nicht?

Am Schuleingang hatte sich eine lange Schlange gebildet. Zwei uniformierte Sicherheitskräfte ließen die Schüler nur einzeln herein. Alle mussten ihre Taschen und Rucksäcke öffnen, um zu zeigen, dass keine Bomben darin versteckt waren. An der Ziegelfassade war nur noch eine hellere Farbnuance zu erkennen, die Worte waren ausradiert. Direkt am Eingang hing dafür eine Mitteilung der Schulleitung: »Versammlung in der Aula. Thema: Situation an der Schule.« Die sollte am Nachmittag stattfinden, sämtliche Schüler wurden aufgefordert, zu erscheinen.

Ich wurde von dem nach Tabak stinkenden Cop reingelassen und wollte gerade die Treppe zum Sprachenflügel hochgehen, als jemand neben mich huschte.

»Der reine Zirkus, nicht wahr?«

Es war Pålle.

»Gehst du in die Aula?«

»Propaganda für kleine Leute«, sagte er leise kichernd. »Übrigens, hat dir die Show gestern gefallen?«

»Das Wandbild?«

»Nein, später. Am Nachmittag.«

»Die Bombendrohung?«

»Na, was man so Drohung nennt. Es hat genügt, zu sagen: ›Bombardier den Dreck‹, und aufzulegen. Das war ja ein Gedicht, oder? Poesie.‹«

»Dann warst du es, der …«

Pålle legte lächelnd den Finger auf die Lippen. Dann war er verschwunden.

Was ist Essen? Essen, das sind aufgewärmte Muskeln toter Tiere. Und aufgewärmte Wurzelteile, die in der Erde zwischen Würmern, Leichen und Modder gewachsen sind. Essen ist Schmutz. Essen ist Verunreinigung. Wir stopfen sie uns in den Körper und würden am liebsten kotzen. Essen ist Teil unseres jämmerlichen Planeten. Um ihn verlassen zu können, müssen wir uns weigern zu essen. Essen macht uns zu Sklaven. Essen verdrängt unsere Gedanken. Wir freuen uns aufs Essen, wir schaufeln alles in uns hinein, was uns vorgesetzt wird.

Ich stand in der Essensschlange, wie ich es während meiner gesamten Schulzeit getan hatte. Vollkommen sinnlos, wie viele Hunderte von Stunden hatte ich vergeudet, indem ich mich ums Essen gekümmert hatte? Als ich endlich an der Reihe war und den Serviertrog erreicht hatte, sah ich, dass man an diesem Tag tote Muskelteile zermahlen hatte, um sie zu einer Fleischpampe zu zerkochen, die mit zusammengepappten weißen Würmerhaufen, genannt Spaghetti, serviert wurde. Die Leute schaufelten sie wie die Irren in sich hinein.

»Gebratene Leichen!«, rief ich aus.

Ich hätte eigentlich nicht so laut rufen müssen, aber ich wollte Aufmerksamkeit erregen. Eine der Küchenfeen machte eine gleichgültige Geste hin zum Vegetarischen Tisch, sie hatte schon lange aufgehört, mit den Vegetariern an der Schule zu diskutieren. Ich schlurfte dorthin. Die Spaghetti waren die gleichen, aber die Soße war rötlich und roch nach Essig, als ich darin herumrührte, bekam sie grüne Streifen.

»Gut gesagt«, kommentierte ein langhaariger Typ, er hatte meine Worte gehört und glaubte nun, ich säße mit im Vegetarierboot.

»Und ihr steht hier herum und ermordet Tomaten!«, empörte ich mich und warf dem Typen und der ganzen Vegaschlange hinter mir böse Blicke zu. »Und Bohnen und Erbsen zermalmt ihr mit euren Zähnen, Samen, die wachsen und zu neuen Pflanzen werden könnten, verdammte Fötusfresser, verdammte Scheiße!«

Mit einem Ruck drehte ich mich um und verließ sie alle, zufrieden über ihre verblüfften Gesichter. Die Vegetarier waren genauso falsch wie die Arschgeigen in der Klasse, sie glaubten, etwas Besseres zu sein als die anderen. Ich hasste alle, die ihre Nackenmuskeln anspannten und mit japanischen Essstäbchen im Arsch herumstolzierten. Außerdem bekam ich bereits richtig schlechte Laune, weil ich so hungrig war.

»Ihr habt doch alle Scheiße im Bauch!«, schrie ich zum Abschied und verließ die Kantine.

Ich weiß nicht so recht, was ich damit eigentlich meinte, aber es klang richtig punkig. Außerdem stimmte es ja.

Heimlich huschte ich auf die Toilette und trank Wasser. Ich hatte beschlossen, dass Wasser erlaubt war, auch wenn die Fische darin fickten. Nach vier Bechern stellte sich eine Art Sättigungsgefühl ein, eine ballonartige Kugel im Magen, die mich etwas ruhiger werden ließ.

Ich setzte mich draußen auf dem Flur auf den Boden, gegen die Wand gelehnt, und las weiter in *Hunger*. Spürte, wie das Trinkwasser aus dem Magen verschwand und die Wut zurückkam.

»Fresst nur, ihr Sklaven«, zischte ich. »Kaut euch doch zu Tode. Ich selbst bin schon im nächsten Stadium.«

Um welches Stadium es sich dabei handelte, war nicht ganz klar, und die anderen Schüler wichen mir aus, der ich da auf dem Boden hockte und vor mich hin plapperte. War ich dabei, wahnsinnig zu werden? Würde ich eine Offenbarung haben wie die alten Propheten? Die hatten sich aufgemacht in die Wüste und vierzig Tage gefastet, bevor sie ihre Bibeln und Koräne schrieben. Ich legte meine Stirn auf die Knie und schloss die Augen. Verschiedene Farben drehten sich auf den Augenlidern, grün und blau. Ich versuchte schneller zu atmen, füllte den Körper mit Sauerstoff. Ein wenig Gelb tauchte an den Rändern auf. Gelbe Punkte, die zitterten. Mehr, mehr, ich spürte es kommen. Rot auch noch. Eine Sichel quer durch das Blickfeld, oooh …

Ich richtete mich auf, öffnete die Augen. Die Flurlampen ertränkten meine inneren Bilder, aber das Gefühl blieb. Blut. Ich hatte Blut gesehen. Und der Kopf tat weh wie nach einem Tritt. Doch dort draußen in der Welt war nichts bemerkt worden, alle wahrten ihre Maske, die Münder murmelten wie matschige Maschinen.

Den ganzen Nachmittag fühlte ich mich matt und merkwürdig. Es fiel mir schwer, mich zu konzentrieren. Trotzdem weigerte ich mich, etwas zu essen, versuchte beharrlich an etwas anderes als Essen zu denken. Während der großen Pause entdeckte ich Lavendel unter den Kunstschülern, sie veranstalteten einen Hippieprotest gegen die Wachleute. Die Jugendlichen waren im Stil der Siebzigerjahre verkleidet, mit Perücken und psychedelischen Fetzen, die sie in irgendeiner Kleiderkammer gefunden hatten, sie spielten einen Song von John Lennon auf der Gitarre und überreichten den peinlich berührten Muskelbergen Plastikblumen. Der Lokalreporter war wieder da und machte Fotos. Leonardo Bjälke veranstaltete einen Solotanz, während andere *Aquarius* sangen, er sprang auf Bänke und machte Spagatsprünge mit der Haarpracht über dem ganzen Gesicht. Ich fand das reichlich pathetisch, aber er bekam jede Menge Applaus, sogar von den Wachleuten. Es war schwer, es zuzugeben, aber ich konnte verstehen, warum Lavendel ihn gewählt hatte. Er war eine knackige Antilope. Und ich war eine graue Waldkrähe. Dass er aber dabei einen Liter Quark im Kopf hatte im Vergleich zu meinem gewaltigen Flussdelta glänzender biologischer Vielfalt, das würde sie leider niemals entdecken.

Die Künstlerbande lief die Steintreppen zur Schulaula hinauf, langsam sammelte sich alles zur großen Versammlung der Schulleitung. Ich folgte ihnen. Vor den Aulatüren hing bereits eine große Menschenmenge und wartete. Die Kunstschüler drängten sich dazwischen und versuchten einen Protestsong anzustimmen, wurden aber von einer Bande von Naturarschgeigen niedergebuht. Lange, grölende Jünglinge in teuren Jacken.

»Wir dürfen singen, soviel wir wollen«, protestierte Leonardo.

»Schwuchtel!«, fingen die Arschgeigen an zu rufen. »Schwuchtel, Schwuchtel, Schwuchtel, Schwuchtel …«

Leonardo versuchte zu protestieren, doch ich sah, wie er von den Arschgeigen umringt wurde. Die Schweinefresse und Ludvig waren natürlich auch dabei. Sie beugten sich vor und flüsterten Leonardo etwas zu. Ich konnte nichts hören, aber er erbleichte und schaute sich hilfesuchend um. Seine Kunstkumpel zögerten. Aber sie sahen ihre Niederlage ein, sie waren den Arschgeigen zahlenmäßig weit unterlegen, und die meisten von ihnen waren Mädchen. Der Gesang und die Instrumente verstummten.

Die Schweinefresse grinste und fing ironisch an zu klatschen. Die anderen fielen ein mit dreckigem Lachen und Kommentaren.

»Verschwindet, bevor wir euch anpissen!«

»Bombardiert die Affen! Raus mit den Kommunisten!«

»Die waren es, die haben unsere Schule angeschmiert!«

Doch dann war eine Stimme zu hören, die das Gebrüll übertönte.

»Ihr feigen Schweine!«

Das war Lavendel. Laut rufend trat sie aus der Kunstschülergruppe und stellte sich vor Leonardo, als wollte sie ihn mit ihrem Körper schützen. Die Arschgeigen wichen zurück. Ein kleines Mädchen mit angemalten Augen und großen Hippieohrringen. Ludvig trat vor. Stellte sich dicht vor sie. Dann wippte er mit den Hüften, dass sie zurückweichen musste.

»Hoppla«, grinste er.

Die Arschgeigen johlten schadenfroh. Keiner der Zuschauer im Kreis half ihr, stattdessen rutschten alle hin und her, um besser sehen zu können. Lavendel fand das Gleichgewicht wieder, ihr Blick glänzte vor Angst und Wut. Sie wollte es ihm gerade heimzahlen, alle konnten es sehen, sie war kurz davor, ihm etwas Stinkwütendes an den Kopf zu schmeißen. Doch in dem Moment beugte die Schweinefresse sich vor und streckte die Zunge heraus. Wie ein Hund leckte er ihr mit einer breiten, feuchten Bewegung über den Mund. Die Arschgeigen jubelten. Lavendel erstarrte, mit vor Ekel verzerrtem Gesicht. Sie war kurz vor den Tränen. Und alle guckten nur zu, neugierig, aufgestachelt. Froh, etwas zu erleben:

»Ihr hättet das Mädchen sehen sollen! Wie sie mit offenem Mund dastand. Verdammt, das hat ihr gefallen. Ein bisschen fette Naturkundezunge in der Hurenfresse ...«

Mein Kopf fühlte sich merkwürdig an. Wie ein Fußball mit Kohlensäure. Der Magen schrie vor Leere. Ich stand ganz oben auf der steilen Steintreppe und zog in Gedanken wie ein Gladiator mein Schwert. Aber ich wusste nicht, was ich damit tun sollte.

»Hungert!«, schrie ich. »Bombardiert den Dreck!«

Alle wandten sich mir zu. Es war ein Gefühl, wie tausend Fingerspitzen auf meiner Haut, als alle Blicke auf mir landeten, ein schwerer, trommelnder Regen. Die Luft surrte wie von Grillen, ein kräftiger elektrischer Strom, es blies mir heulend durch die Gedärme. Ich stand da oben auf dem Treppenabsatz, ich hatte einen Berg erklommen und stand unter dem Himmel, umgeben von blauen Blitzen.

»Bombardiert den Dreck!«

Ich erkannte meine eigene Stimme kaum wieder. Sie hallte über die Geröllkuppe, weiter hinab über die Gletscher, das Lawinenbett, die Bruchkanten, sie sang zwischen den schroffen Wänden und schlug gegen die Felswände. Ich war ein anderer geworden. Sie konnten mich nicht mehr kriegen.

»Jetzt hältst du aber die Schnauze«, war eine Stimme zu hören.

Direkt vor mir stand die Schweinefresse. Ich konnte ihm direkt in seine aufgeblähten Nasenflügel gucken, weit hinein ins Gehirn.

»Die Feder ist meine Pistole!«, schrie ich.

Alle starrten mich an. Genau wie damals, als ich mit einem Strauß verschwitzter Rosen dastand, alles kam wieder hoch. Im Hintergrund konnte ich Lavendel erahnen, Leonardo, Ludvig, die Künstler, die Arschgeigen, ein Menschenmeer. Ich spürte, wie es wie Nadeln in mir stach, der Filmstreifen war kurz vorm Reißen. Die Schweinefresse versuchte es mit einem Lachen. Die Arschgeigen fielen ein, zeigten ihm ihre Unterstützung.

»Ich trete dir den Schädel ein«, flüsterte die Schweinefresse, so dass nur ich es hörte.

»Glaubst du, ich habe Angst?«, fragte ich.

»Mmh.«

»Du glaubst es, ja? Du glaubst, ich habe Angst vor dir, ja?«

»Haha …«

»Vor den Schmerzen? Du, die Schmerzen sind mir so was von kackegal.«

»Nach der Schule …«, zischte es zwischen den Zähnen.

»Nein, jetzt. Jetzt!«

Er guckte mich verblüfft an, suchte nach einer anderen Taktik. Ich sah, wie sein Mund das Schwuchtelwort formte, sein Lieblingswort, Schwuchtel, Schwuchtel, Schwuschwuschwuchtel, aber ich war bereits weit weg, ich stellte mich auf den Treppenabsatz, die raue Felswand unter mir, und ich schloss die Augen.

Es ging nur um Mut.

Der Mutige wird mutig.

Dann ließ ich mich fallen.

Jemand schrie. Ein Vogel.

Luft, nur Luft.

Man denkt so viel, wenn man stirbt.

Man wird so frei.

Dann traf die Schulter auf. Der Nacken, Oberarm, Hüfte, Knie, immer rundherum in einem Wirbelwind.

Dreißig Autocrashs.

Aber ich tat nichts, hielt die Augen geschlossen. Ließ es geschehen. Ließ meinen Körper untergehen.

Bis alles still wurde.

KAPIFFEL 15

Wenn man die Leute fragt, warum sie leben wollen, warum sie wirklich leben wollen, dann fangen sie an, Listen aufzustellen. Man will sich mit seinen Freunden treffen. Mit seiner Familie zusammensein. Man tut bestimmte Sachen gern. Spielt Eishockey, chattet, hört Musik. Man sehnt sich nach neuen Eindrücken. Will an exotische Orte reisen, fremde Lippen küssen, Kokosmilch in einer Bambushütte trinken und sehen, wie die Sonne im Indischen Ozean untergeht. Das ist es, was man als Sinn des Lebens ansieht.

Aber wenn wir nun nichts erleben? Sterben wir dann? Sind wir jede Nacht tot, wenn wir schlafen, bevor die Träume wirklich in Gang kommen? Natürlich lebt der Körper, aber was geschieht mit der Seele? Mehrere Stunden lang ist sie jede Nacht fort. Wo ist sie dann? Gibt es mich noch, wenn ich schlafe? Sterbe ich jede Nacht, um am nächsten Morgen von den Toten aufzuerstehen? Vielleicht haben wir nicht nur ein Leben, sondern viele, 365 Leben jedes Jahr mit jeweils einem Tod dazwischen. Und der letzte Tod, der auf uns wartet, ist nur viel länger als die anderen.

Oder wenn man in Ohnmacht fällt? Wenn man beispielsweise mit dem Kopf auf eine Steintreppe aufschlägt und eine Weile weg ist? Ein paar Sekunden oder Minuten, das ist schwer zu sagen, man hat ja keine Ahnung, wenn man wieder aufwacht. Nur, dass es ausgeschaltet war. Eine Leere. Ein riesiges Nichts.

Nach einer Ohnmacht wird einiges anders. Man weiß nicht, was, aber man spürt es. Vielleicht ist man nicht in derselben Welt wieder aufgewacht? Jemand hat sie ausgewechselt, während man weg war, die alte beiseite geschafft und eine neue gebaut. Vielleicht hat man den Geschmack von Zwiebeln im Mund. Vielleicht tut es auf neue Art weh, fährt der Schmerz direkt durch einen hindurch, als wäre man auf eine Nadel getreten. Vielleicht ist man wie ein Motor auseinandergenommen und aufgebockt worden, das Blut in einem Plastikkanister gesammelt, jeder Nagel und jede Wimper mit einer kleinen Nummer versehen. Um dann wie ein Puzzle wieder zusammengesetzt zu werden. Das Bild ist perfekt, alle Teile sind vorhanden, aber trotzdem …

Verwirrung. Das Gefühl nach einer Ohnmacht. Man fühlt sich reingelegt. Aber alle im Bus, alle auf dem Bürgersteig, wahren die Maske. Niemand verplappert sich, alle tun so, als wäre alles tatsächlich richtig. Und zum Schluss glaubt man denen auch noch.

Wenn man aufwacht, versuchen sie einen festzuhalten, erklären, der Krankenwagen sei unterwegs, aber man reißt sich los und rappelt sich auf. Sie sagen, etwas sei gebrochen, und so fühlt es sich auch an, aber dennoch bleibt man stehen. Und dann geht man seinen Weg, man hinkt und schlurft davon, obwohl sie einen bitten, zu bleiben, man geht allein davon und wartet an der Bushaltestelle. Man kotzt ein wenig, aber der Magen ist leer, und schließlich kommt der Bus, so dass man nach Hause fahren kann.

»Woher hast du die Beule?«, fragt Mama.

»Welche Beule?«

»Die ist ja riesig. Da oben.«

»Aua!«

»Du hast dir ziemlich weh getan.«

»Nein, au…«

»Aber mein lieber Freund, du bist ja verletzt.«

»Ich bin hingefallen.«

»Dafür sitzt sie zu hoch.«

»Was?«

»Die Beule. Du hast aus einem merkwürdigen Winkel heraus eins verpasst gekriegt.«

»Das liegt ja wohl daran, wie man fällt.«

»Hast du dich geprügelt?«

»Mama…«

»Das sieht aus wie ein harter Schlag schräg von unten. Mit einem stumpfen Gegenstand, so was habe ich schon in der Notaufnahme gesehen.«

»Ich bin hingefallen…«

»Gib dir gar keine Mühe, so etwas kenne ich. Kannst lieber gleich die Wahrheit sagen.«

»Okay, ich bin verprügelt worden.«

»Habe ich es doch gewusst.«

»Er hat mir ein Buch gegen den Kopf geschmettert.«

»Wer?«

»Gunnar Ekelöf heißt er. Ein dickes Buch, zack auf den Schädel.«

»Gunnar Ekelöf? Bist du dir sicher?«

»Mm.«

»In welche Klasse geht er denn?«

Ich schielte zu ihr hinüber. Sie hatte ihre Krankenschwestermiene aufgesetzt. Konzentriert, effektiv, auf das Schlimmste gefasst.

»Ich weiß es nicht Mama, das macht doch auch nichts, lass es uns einfach vergessen.«

»Ich werde ihn anzeigen.«

»Nein, dann kriegst du Probleme. Ich habe zuerst geschlagen.«

»Du hast angefangen? Und Gunnar Ekelöf hat zurückgeschlagen?«

»Das kann man so sagen.«

»Ich glaube, du hast eine Gehirnerschütterung.«

»Ach was ...«

»Das sieht man an den Pupillen. Ist dir übel? Hast du dich übergeben?«

»Ach, Mama ...«

»Habe ich es doch gewusst. Zieh deine Jacke an. Wir fahren ins Krankenhaus.«

»Nie im Leben.«

»Dir ist wohl nicht klar, wie gefährlich eine Gehirnerschütterung sein kann. Außerdem ist es angeschwollen.«

»Das ist nur eine Beule.«

»Können auch innere Blutungen sein. Eine Ader, die geplatzt ist und immer weiter tropft, so dass der Druck im Gehirn ansteigt, und wenn du morgen früh aufwachst, bist du vollkommen gelähmt. Hast du Kopfschmerzen?«

»Nein«, log ich.

»Komm, wir fahren.«

»Mama, ich kann nicht.«

»Müdigkeit gehört auch zu den Symptomen.«

»Mama, hör mir zu. Fahr du, wenn du willst. Aber ich bleibe zu Hause.«

»Du kommst mit!«

»Nein.«

»Doch!«

Ich schüttelte nur den Kopf. Meine Hände umklammerten die Tischplatte, als wäre ich vier Jahre alt und sie würde mich hochheben wollen. Aber mein Körper war jetzt zu groß dafür, sie würde das niemals schaffen. Sie musste einsehen, dass ich inzwischen selbst für mich entschied. Trotzdem versuchte sie meine Hände loszureißen. Ich hielt dagegen. Sie packte sie mit all ihrer Kraft und bekam eine los. Ich riss sie an mich, sie kämpfte dagegen an. Ihr Gesicht zog sich zusammen, gleich würde sie schreien, einen Wahnsinnsschrei, größer als die Wohnung, jetzt kam er gleich …

Die Türklingel.

Wir erstarrten beide.

Noch einmal ein Klingeln.

Schließlich ließ sie mich los. Schloss den Mund, fuhr sich schnell mit den Händen durchs Haar, setzte ihre Alltagsmaske auf. Dann ging sie, die Tür öffnen.

Draußen stand ein Monster. Rotes Fleisch. Blutflecken, violette Haut, ein einsames Auge blitzte in dem Matsch auf.

»Hilfe«, kam es nuschelnd heraus.

»Gunnar?«, fragte Mama verwundert.

»Nein«, murmelte eine Stimme. »Nein, nein, nein …«

Es war Pålle.

KAPICKEL 16

»Wie fühlst du dich? Ist dir schwindlig?«

Es roch nach frischen Verbänden, Alkohol, Ärztekitteln, Metall. Pålle verschwand auf einer fahrbaren Trage, ich selbst wurde auf einen Stuhl gedrückt. Mama begrüßte die Schwestern in der Notaufnahme, man kannte sich. Sie warfen Blicke in meine Richtung und baten mich zu warten.

»Hast du Schmerzen?«, wollten sie wissen. »Hast du Schmerztabletten genommen?«

Ich antwortete nicht. Die Tür zum Aufnahmebereich ging auf. Eine alte Frau wurde hereingerollt, ihr Gesicht war mit einer Plastikmaske bedeckt, ein Schlauch verschwand unter einem großen Pflaster in ihrem Arm. Sie wehrte sich, schien unruhig zu sein. Eine Schwester versuchte ihre wedelnden Hände festzuhalten.

»Wir haben Schweigepflicht, du kannst ruhig sagen, was passiert ist.«

Der nächste Patient kam wenige Minuten später herein. Seine Jeansjacke war schmutzig und kaputt, der eine Ärmel durchgeblutet. Er hatte ein Geschirrhandtuch auf die Wunde gedrückt und mit Klebeband festgeklebt und schrie, »diesen Arschlöchern werde ich es heimzahlen!«. Es war ein ziemlicher Zirkus, aber bald kamen ein paar Polizistinnen, und da beruhigte er sich.

»Erzähl, dann können wir dir helfen.«

Ein kurzsichtiger Arzt kam herein, fast verneigte Mama sich vor ihm. Er leuchtete mir mit einer Lampe in die Augen, betastete die Beule und bat mich, den Pullover hochzuziehen, damit er Herz und Lunge abhören konnte. Mama und er holten gleichzeitig Luft. Die Hose musste ich auch runterziehen. Insgesamt zählten sie achtzehn Kontusionen. Also blaue Flecken. Plus Beule und Gehirnerschütterung.

»Willst du eine Anzeige erstatten?«

Der Arzt ging ein Körperteil nach dem anderen durch, aber keines war gebrochen. Ich musste in einem anderen Teil des Krankenhauses lange warten, bis sie mich mit dem Kopf voran in eine hohle Maschine schoben. Der Kopf war festgeschnallt, so dass ich ihn nicht bewegen konnte. Auf dem Schirm erschienen Bilder meines Gehirns. Sie gingen jede Ecke des Hirns durch, manchmal zeigten sie auf etwas Interessantes. Wonach suchten sie? Nach Gedanken?

»Jetzt sag uns, wer dich geschlagen hat. Warum willst du nicht reden, hast du Angst vor jemandem? Warte bitte, du sollst noch mit Lisbeth sprechen, sie wird gleich kommen.«

Eine ältere Dame mit kurzgeschnittenem Haar in ziegelrotem Polohemd. Schmale Brille, die sie wie eine Katze aussehen ließ. Lange Spinnenfinger, die ab und zu etwas auf einem Block notierten.

»Was wollen Sie?«, fragte ich.

»Hallo, ich bin Lisbeth von den Sozialen Diensten, wir werden in solchen Fällen immer dazu geholt. Ich bin hier, um dir zu helfen.«

»Ich brauche keine Hilfe.«

»Wir müssen herausbekommen, was passiert ist. Wir können ja sehen, dass dir jemand übel mitgespielt hat.«

»Das habe ich selbst gemacht.«

»Deine Mutter hat erzählt, dass du in eine Prügelei verwickelt warst.«

»Sie hat keine Ahnung.«

Die Frau hörte auf, sich Notizen zu machen, und beugte sich zu mir vor. Ihr Blick war freundlich und gleichzeitig hohl, der Mund lächelte, ohne fröhlich zu sein. Eine Miene, die sie auf der Hochschule für Sozialpädagogik einstudiert hatte.

»Sie hat uns erzählt, dass du auch zurückgeschlagen hast. Stimmt das?«

»Sie hat keine Ahnung, habe ich doch schon gesagt.«

»Wenn du jemanden geschlagen hast, dann hast du dich eines Vergehens schuldig gemacht. Dieser andere Junge, der so übel zugerichtet worden ist...«

»Wie geht es Pålle?«

»Ja, genau auf den wollte ich kommen. Weißt du, wer ihn misshandelt hat?«

»Na, jedenfalls nicht ich. Schließlich haben wir den Unfallwagen gerufen.«

»Ja. Deine Mutter.«

»Wie geht es ihm?«

»Es müssen Ermittlungen aufgenommen werden. Und da ihr beide noch minderjährig seid, wird das Jugendamt eingeschaltet werden.«

»Dann glauben Sie etwa, ich hätte Pålle misshandelt? Glauben Sie das?«

Die Frau saß eine Weile schweigend da. Sie betrachtete mich geduldig. Oder traurig. Oder wütend. Das war schwer zu sagen, vielleicht war das genau ihre Absicht.

»Warum wolltest du zuerst nicht ins Krankenhaus? Deine

Mutter hat gesagt, du hättest dich geweigert. Hattest du Angst?«

»Angst?«

»Vielleicht seid ihr beide, Pålle und du, ja von derselben Bande misshandelt worden. Und dann haben sie euch gedroht?«

»Ja, stimmt«, sagte ich.

»Was?«

»So war es. Genau so.«

»Hast du die, die euch geschlagen haben, wiedererkannt? Weißt du, wie sie heißen?«

»Gunnar war der eine. Und dann Knut.«

»Kennst du auch ihre Nachnamen?«

»Gunnar Ekelöf und Knut Hamsun. Die alte gewöhnliche Peinlichkeit. Sagen Sie, haben Sie was zu essen? Ich bin total ausgehungert.«

Sie legte wortlos ihren Stift hin.

Das Rezept für ein Knut-Hamsun-Sandwich.

Eine Scheibe Weißbrot. Darauf eine dicke Schicht Butter. Gehobelte Käsescheiben. Bedeck den Käse mit Mayonnaise, dekoriert mit einem in Scheiben geschnittenen gekochten Ei. Kaviar aus der Tube darüber ringeln. Leg eine zweite Scheibe gut gebuttertes Weißbrot obendrauf. Darauf kommt Hamburgerdressing. Drück ein paar Tomatenscheiben darauf fest. Betone den Tomatengeschmack mit Ketchup und ein wenig Oregano. Leg anschließend eine Scheibe geräucherten Schinken darauf, zwei, drei Scheiben sind auch in Ordnung. Bestreiche sie mit kleingehackten Gewürzgurken. Darauf Crème fraîche, in die ein Würstchen gedrückt wird. Das Ganze mit Senf dekorieren. Schließe die

Herrlichkeit mit einer dritten gebutterten Weißbrotscheibe ab, mit der Butterseite nach unten. Mund sperrangelweit auf und genießen.

Mein Hungern war beendet. Es war Nacht, ich hatte achtzehn Quetschungen, eine Gehirnerschütterung, eine Schusswunde an der Stirn und eine dicke Beule. Der ganze Körper tat mir weh, aber ich lebte. Ich nahm einen Riesenbissen und spürte, wie der Körper anfing zu jubeln. Es kam Essen! Es war so lange her seit dem letzten Mal. Die Zähne bohrten sich ins Brot, die verschiedenen Geschmacksnoten drängten sich auf, Aromen und Düfte vermischten sich und verstärkten einander, es war das Himmelreich. Ich hatte selten etwas so Unglaubliches genossen. Die Mischung war saftig und cremig, weich und säuerlich vereint mit dem senfgesalzenen Gitarrensolo des Würstchens ganz oben, es sang im Mund, dass die Augen tränten.

Mama war ins Bett gegangen. Sie hatte auch noch mit dieser Sozialtante geredet und war schluchzend und mit roten Augen wieder herausgekommen. Wir hatten für die nächste Woche einen Termin bekommen. Sie hatten mich unter Druck gesetzt, den Namen des Angreifers zu nennen, und ich hatte beharrlich wiederholt: Ekelöf und Hamsun. Ekelöf und Hamsun. Schließlich waren sie mit einer dieser Polizeidamen aus dem Krankenhaus angekommen, die wollte, dass ich eine Anzeige erstatte. Da fügte ich noch Majakowski hinzu. Vorname Wladimir. Dann gaben sie sich endlich zufrieden und ließen mich nach Hause fahren.

Aber Pålle. Sein blutig zusammengeschlagenes Gesicht. Hatten die Arschgeigen ihn zum Schluss doch noch erwischt? Hatten sie nach der Schule auf ihn gewartet? Vielleicht vor seinem Haus. Ich hatte versucht, ihn zu warnen, ich hatte getan, was ich tun konnte. Trotzdem fühlte ich mich irgendwie schuldig.

Während ich auf dem Schlafsofa unter der Bettdecke lag, fing der Magen an, das Festmahl zu verdauen. Leise blubbernde, surrende, knurrende Geräusche waren aus dem Darmpaket zu hören, als das Hamsun-Sandwich zerlegt wurde und die Nährstoffe mit dem Blut in alle Teile des Körpers geschickt wurden. Mir kam in den Sinn, wie fantastisch das eigentlich funktionierte. Alles ging ganz automatisch, ich konnte einfach so daliegen und die Augen schließen, während es geschah. Vielleicht war es doch gar nicht so dumm, Arzt zu werden? Zu lernen, wie da drinnen alles zusammenhing, jeder Nerv und jede Muskelfaser, all dieses Feuchte und Warme, was wir als Mensch bezeichnen.

Bevor ich einschlief, sah ich noch als Allerletztes das Bild eines Mädchens in Hippiekleidung auf einem Treppenabsatz vor mir. Ihre grünen Augen quer durch das Menschenmeer, durch Leonardo, durch die Schweinefresse und Ludvig, durch den Demonstrationsauflauf der Kunstschüler und die höhnisch grinsende Horde der Arschgeigen, ein Blick, der sich vordrängte, bis in mich hinein, wie eine verzweifelte Liebkosung. Sie hatte mich gesehen. Dort auf dem schwindelerregenden Berggipfel. Und dann hatte ich meine Flügel ausgebreitet.

SCHLUSS MIT LEBEN ZWO

Mein zweites Leben war vorbei. Mein erstes wurde auf einem laut hallenden Schulflur beendet, als ein Strauß Rosen auf einen Steinfußboden traf. Da war ich gestorben und ein anderer geworden, ein Fremdling mit Federn, ein grölender Wilder mit Putzkittel und Rotzfleck, der herumflatterte und Vogelscheiße auf Schulwände und Schulleitung verspritzte.

Dieses Wesen war jetzt auch tot. Es war auf einer Steintreppe zerschmettert worden, als es glaubte, fliegen zu können, es war zerbrochen, einsam und letztendlich besiegt.

Die Schulleiterin hatte das gesamte Schwarze Brett entfernt. Allein die Löcher waren noch wie schwarze hohle Wunden in der Zementwand. Sie hatten den Antrag gestellt, Kameras in den Fluren installieren zu dürfen, besonders im Kunsttrakt. Nach ein paar Tagen waren die Türwächter nach Hause gegangen und die Journalisten hatten aufgehört zu schreiben. Pålle lag immer noch im Krankenhaus, aber Mama verbot mir, ihn zu besuchen. Die Sozialtante auch. Wir drei saßen jeweils eine Stunde lang zusammen in einer Sitzecke und versuchten, Ordnung in die Dinge zu bringen. Sie wollten, dass ich mir ein Ziel für mein Leben setze. Ich sollte etwas auf einen Zettel unter die Rubrik »Mein Traum« schreiben. Ich schrieb: Arzt. Da waren sie zufrieden.

Menschen wollen es so haben, wie sie es immer hatten, das war die nackte Wahrheit. Menschen wollen nicht denken. Die Menschheit war ein Club für Idioten, in dem ich nicht länger Mitglied sein wollte. Ich konnte ebenso gut gleich jetzt aussteigen. Wollte nur einfach den ganzen Mist los werden. Nicht mehr jeden Morgen aufstehen müssen, kein Regen mehr, keine verkochten Kartoffeln, die zähen Litaneien der Lehrer, Mamas Generve, keine Buskarte mehr zeigen müssen, keinen stumpfen Hip-Hop mehr hören, nicht mehr in Hundescheiße latschen, mich nicht mehr ärgern, beunruhigen, schlecht schlafen, Schmerzen haben.

Eigentlich gab es nur eine Sache, die mich noch hielt. Wenn ich jetzt verschwand, dann würde ich nie erfahren, wie das Buch endete. Wie würde ich es in fünfzig Jahren haben? Wie würde ich aussehen? Wäre ich dann Papa, vielleicht sogar Opa, mit dickem Bauch und grauem Bart? Was würde ich arbeiten, was aus meinem Leben gemacht haben? Würde ich mich zufrieden fühlen? Finden, dass es trotz allem die Mühe wert gewesen war? Ein glücklicher alter Greis, dem es gut ging? Der vielleicht irgendwo auf dem Weg jemanden getroffen hatte, einen einzigen Menschen, der ihn vielleicht tatsächlich lieben konnte?

Wenn ich aufgab, würde ich das nie erfahren.

MONOLITH 1

»Hoch mit dir. Es ist Zeit.«

Mama rüttelte am Schlafsofa, dass die ganze Welt schaukelte. Ich guckte auf die Uhr, es war früher Sonntagmorgen.

»Ein andermal, Mama …«

»Du hast es Lisbeth und mir versprochen. Also hoch mit dir.«

Eine knappe Stunde später marschierten wir ins Foyer des großen Krankenhausgebäudes an der Meeresbucht. Schnell vorbei am Wartezimmer, vorbei an der Spielecke mit den großen Legosteinen, wo ich häufiger auf meine Mutter gewartet hatte, als ich noch kleiner war, durch eine Tür mit ihrer Codekarte und in einen gelben Umkleideraum mit Duschen und Spinden.

»Du kannst das hier nehmen.«

Mama hielt mir einen hellblauen Kittel hin und ein Paar beigefarbene Plastikschuhe.

»Hier drinnen trägt man keine Straßenschuhe.«

Die Schuhe waren mindestens zwei Nummern zu groß, ich rutschte aus ihnen heraus und klapperte über den Steinfußboden, als ich meiner Mutter durch Flure und Aufzüge folgte. Pflegepersonal eilte vorbei, Patienten suchten die richtige Station hinter Metalltüren mit Glasfenstern, eine unglaublich alte Frau wurde in einem Rollstuhl von einem fast genauso alten Mann geschoben. Ihr Kinn war heruntergefallen, die Lippen waren in den zahnlosen Mund gerutscht, ich wusste nicht, ob sie schlief oder tot war.

»Jeden Sonntag gibt es ein gemütliches Kaffeetrinken, der Höhepunkt für die Alten.«

Wir kamen an einem Raum mit gedeckten Tischen vorbei, an denen zittrige Alte saßen. Ganz vorn stand ein arabischer Akkordeonspieler. Er spielte einen schwedischen Schlager, ich glaube, es war Evert Taube, und sang mit deutlichem Akzent von Karrmen-chiita. Ein unglaublich langsamer Jüngling mit irgendeiner Entwicklungsstörung schlurfte herum und servierte Kaffee aus der Thermoskanne. Er zeigte die ganze Zeit ein strahlendes, sabberndes Lächeln; wenn man ihn nur ansah, wurde man froh. Als er Mama entdeckte, stieß er einen gackernden Laut aus und umarmte sie heftiger, als ich es jemals getan hatte.

»Ruben ist einfach zu süß«, flüsterte Mama, als wir wieder gingen. »Man glaubt nicht, dass er sterbenskrank ist.«

Wir gelangten auf einen sehr viel ruhigeren Flur. Eine Wand war mit einem Riesengemälde geschmückt, das eine unendliche Gebirgslandschaft mit perlenden Bächen, Schneeflecken und ein paar wilde Rentiere zeigte, die weit entfernt grasten und im Wind Witterung aufnahmen. Eine Tür mit der Ziffer 4 wurde aufgeschlagen, und eine braunäugige Frau in Arztkittel kam heraus.

»Er konnte nicht mehr. Er ist heute Morgen von uns gegangen«, murmelte sie Mama zu.

»Dann ist Filip also …?«

Durch den Türspalt konnte ich ein Bett mit einem Körper darauf sehen. Er war jung, in meinem Alter, die Hände waren auf der Brust gefaltet. Um ihn herum stand eine kleine Menschenansammlung, auf einem Tisch brannte eine Kerze. Ich hörte, wie sie da drinnen sangen.

»Ist der Krankenhauspfarrer da?«

»Sie können in aller Ruhe Abschied nehmen. Es kommen noch mehr Angehörige.«

Mama nickte, sie sah mitgenommen aus. Die Braunäugige verschloss sorgfältig die Tür.

»Hier arbeitest du also?«, fragte ich.

»Ja, unter anderem.«

»Und der Typ ... War das der vom Autounfall?«

»Du musst erst die Verschwiegenheitsverpflichtung unterschreiben, ehe ich dir was sagen kann. Aber er hat hart gekämpft. Eine Zeitlang sah es so aus, als würde er es schaffen.«

Sie biss sich auf die Lippen, um nicht zu schluchzen, versuchte die Tränen hinunterzuschlucken.

»Bei Kindern ist es am schlimmsten, weißt du. Bei Kindern kann man sich nie dran gewöhnen.«

Ich hatte kurz sein blasses, verschlossenes Gesicht gesehen. Dünne Haut mit Pubertätspickeln, ein blonder, zur Seite gekämmter Pony. Ein Körper, der nur ein Körper ist.

Es war das erste Mal, dass ich einen toten Menschen gesehen hatte.

Er war mir ähnlich. Das hätte ich sein können.

»In welchem Zimmer liegt Pålle?«, fragte ich die Braunäugige. »Pål Andersson ...?«

»Du sollst dort jetzt nicht hingehen«, fuhr mir Mama schnell dazwischen.

»Pål ist nach Hause gefahren«, antwortete die Ärztin. »Er

wollte nicht mehr hier bleiben. Wir haben versucht, seine Eltern zu erreichen, aber die haben sich nicht gemeldet.«

Die Ärztin verschwand, und Mama zog mich weiter zu einem Putzraum mit grellen Leuchtstoffröhren und Unmengen an Körben auf Rollen.

»Hier kannst du anfangen. Hier wird die Wäsche sortiert, hierher kommt die gesamte Schmutzwäsche aus dem Krankenhaus. Du legst die Bettwäsche in den Container, die Kittel in den anderen und die Handtücher in den letzten. Normalerweise macht das der Hausmeistergehilfe, aber der hat heute frei.«

Zögernd zog ich etwas hervor, das sich als eine braungefleckte Unterhose herausstellte.

»Zieh dir Plastikhandschuhe an. Man kann ja nie wissen.«

Ich tat, was sie sagte, knisternde Einmalhandschuhe, die viel zu groß waren, und begann in den Containern zu wühlen. Mama guckte eine Weile zu.

»Das sieht gut aus«, sagte sie. »Kommst du eine Weile allein zurecht?«

Ich nickte und sah ihr nach, wie sie verschwand. Die Metalltür klapperte, und ich war allein. Umgeben von Beton und Schmutzwäsche. Wie in einem Gefängnis, dachte ich, ein Gefängnisfilm. Der unschuldig Verurteilte malocht. Bis er eines Tages in die Wäsche klettert, sich dort versteckt und in die Freiheit hinausgefahren wird, um Rache zu üben. Um Respekt wiederzugewinnen.

Einige Teile der Bettwäsche hatten schmutzige Flecken. Hatte jemand gekleckert? Oder hatte ein Tropf geleckt? Ein Laken strömte einen scharfen Kotzegeruch aus. Plötzlich klapperte es, etwas war zu Boden gefallen. Das war eine Spritze, innen immer noch blutig. Ich warf sie mit einem Schaudern in einen Abfallbehälter. Alles erinnerte in diesem Gebäude an Krankheit, Patienten, die litten und kämpften. Die vielleicht starben.

Und wenn Pålle jetzt tot war? Wenn die Ärztin mich angelogen hatte? Vielleicht hatte meine Mutter mich deshalb allein gelassen, damit ich das nicht erfuhr. Sie glaubten wohl immer noch, dass ich schuld war, vielleicht stand ich jetzt unter Mordverdacht? Der Gedanke verursachte mir Übelkeit. Ich ging leise zur Metalltür und drückte dagegen.

Sie ließ sich nicht bewegen. Ich war eingesperrt. Der kalte Schweiß brach mir aus, ich fing an zu schreien. Meine Stimme hallte von den Betonwänden wider. Verzweifelt warf ich mich mit aller Kraft gegen die Tür.

Und jetzt ließ sie sich öffnen. Sie hatte nur etwas geklemmt.

Eine Weile blieb ich in der Türöffnung stehen und spürte den Luftzug vom Flur. Mindestens die Hälfte der Schmutzwäsche musste noch sortiert werden, aber ich wollte nicht zurück in die Zelle. Musste Tageslicht sehen. Die Sonne.

Ich ging den Flur hinunter, lief ein paar Treppen hinauf und spürte, wie sich der Puls beruhigte, als ich sah, dass es dort Fenster gab. Draußen lag der Parkplatz, er war fast bis auf den letzten Platz mit Autos belegt, obwohl doch Sonntag war. War das die Zeit, die Kranken zu besuchen? Oder war das immer so, gab es so viel Krankheit auf der Welt?

Pålle. Sein zerschlagenes Gesicht, der Mund, der kaum Worte herausbringen konnte. Was war mit ihm passiert? Irgendjemand hier im Krankenhaus musste es wissen. Konnte er wirklich schon nach Hause gegangen sein? Oder hatten sie seinen Körper versteckt, die Leiche in einem Schubfach verschlossen? Was machte man eigentlich mit toten Körpern? Da stimmte etwas nicht, etwas war nicht in Ordnung. Eine wachsende Übelkeit stieg in mir auf. Ich musste jemanden fragen. Die Braunäugige.

Nach einigem Suchen fand ich zurück auf den Flur, auf dem ich sie zuletzt gesehen hatte.

»Entschuldigung, in welchem Zimmer lag Pålle? Pål Andersson, ein Junge in meinem Alter.«

Ein dunkelhäutiger Typ mit Putzwagen schüttelte den Kopf.

»Frag an der Rezeption nach.«

Er zeigte in eine Richtung und verschwand in einem Zimmer. Ich ging in die Richtung, die er mir gezeigt hatte, fand aber nur geschlossene Türen. Vorsichtig öffnete ich eine nach der anderen, aber es waren alles Krankenzimmer. Ich konnte Körper in Betten ausmachen, magere Arme auf der Bettdecke, Tropfvorrichtungen, Angehörige, die mit resignierter Miene auf einem Stuhl saßen.

Doch das nächste Zimmer war leer. Eine Kerze brannte neben einer Plastikblume. Ich wich zurück und schaute auf die Zimmernummer.

Raum 4. Der Junge, der heute Morgen gestorben war.

Sein Körper war bereits weggebracht worden, der Pfarrer und die Trauernden waren gegangen. Es musste erst vor Kurzem passiert sein, man hatte noch nicht saubermachen können. Mit einem andächtigen Gefühl näherte ich mich dem Bett und berührte vorsichtig die zerknitterten Laken.

Hier hatte er gelegen. Ein junger Mann wie ich. Hier hatte er an die Decke gestarrt und gespürt, wie sein Herz schlug, geatmet, hatte seinen Gedanken nachgehangen.

Hatte er geahnt, was ihn erwartete? Hatte er Angst gehabt?

Ich legte die Handflächen auf die Matratze, um etwas zu spüren. Aber alle Wärme, das Leben selbst, war fort. An einem Tag gab es dich, und am nächsten warst du tot. Das war unbegreiflich. Wie konnte man einfach so verschwinden? Gab es den Jungen hier vielleicht noch als Geist? Ein kleiner Lichtfleck oben an der Decke, der auf mich herabschaute? Der bald verschwinden würde.

Und der Tod selbst? Wie war das, wenn man verschwand? Wenn man dalag und wusste, dass es sich näherte, das allerletzte Stoppschild. Flimmerte dann das ganze Leben an einem vorbei? Oder war man nur traurig und dachte an alles, was man versäumen würde? Alle Freunde, die man nie wieder treffen konnte.

Ich schaute mich um. Die Tür zum Flur war geschlossen. Ich war gezwungen, es zu tun.

Vorsichtig zog ich die Decke beiseite und legte mich aufs Bett. Der Nacken sank hinab in die Kissenkuhle, genau dort, wo der Kopf des Jungen gelegen hatte. Ich zog die Decke bis zur Brust hoch und faltete die Hände genau wie er. Das war unheimlich. Als gäbe es noch etwas von ihm hier, einen Gespensterkörper, in den ich schlüpfte. Als hätte er nur hier gelegen und auf mich gewartet.

Nervös schloss ich die Augen. Versuchte nach innen zu lauschen. Nach einer Weile beruhigten sich die Gedanken. Es wurde irgendwie leerer im Kopf, grünlich. Eine große Kugel tauchte auf, ein laubartiger Kloß, der schlabberig unter den Augenlidern hin und her rollte, er sah aus, als wöge er nicht mehr als höchstens zehn Gramm. Dann verwandelte er sich, wurde zu einem Loch, einem Tunnel, in den man kriechen konnte. Schließlich wurde er wieder ein Kloß. Ich folgte seinen ruhigen Bewegungen und bekam Lust, einfach zu verschwinden. Alles zurückzulassen. Mich nur vom Tunnelkloß umhüllen zu lassen und davonzurollen.

Gerade in dem Moment öffnete sich die Tür.

Scheiße!

Ich blieb mit geschlossenen Augen liegen, steif vor Unbehagen. Mir fiel einfach nichts ein. Ich wartete nur auf die Schelte. Was zum Teufel machst du da, hau ab, du solltest dich schämen, dich so zu benehmen!

Die Schritte näherten sich dem Bett. Es klang nach zwei Personen.

»Da ist er«, sagte eine Frau leise.

Sie klang alt, etwas knarrend. Ein Mann war mit der Antwort zu hören.

»Mhm, mm …«

»Unser lieber, lieber Filip …«

»Wie groß er geworden ist. Irgendwie ganz verändert.«

»Die wachsen in dem Alter so schnell.«

Die Frau schluchzte. Sie schlurften näher ans Bett, ich wagte kaum zu atmen. Was sollte ich tun? Am besten abwarten, bis sie gegangen waren.

»Vater unser, der du bist im Himmel …«

Der Mann begann, und die Frau setzte schnell mit ein. Das ganze Gebet. Amen.

»Ob er wohl zum Schluss gelitten hat?«, überlegte die Frau.

»Er sieht aus, als hätte er seinen Frieden gefunden.«

»Ja, sieh nur die Ruhe in seinem Gesicht.«

»Er ist im Himmel«, sagte der Mann.

»Ja, im Himmel. Jetzt besucht er uns nie wieder im Sommer«, schluchzte die Frau.

»Nein ... oh nein«, sagte der Mann, auch er kurz vor den Tränen.

»Er ist bei Jesus! Bei Jeeesus!«, rief die Frau aus.

»Bei Je...he...he...sus ...«

Nun haut endlich ab, dachte ich. Verschwindet.

»Wir müssen für Filip singen.«

»Ja.«

Die Frau setzte mit schrillem Altfrauensopran ein, der Mann brummte mit:

»Sicherer kann niemand sein, als Gottes Kindelein ...«

Zwei Strophen. Dann endlich der Mann:

»Ja, tschüs dann, kleiner Filip.«

Die Frau begann lauter zu schluchzen. Und plötzlich spürte ich eine Berührung an meinen Händen.

»Er ist noch warm.«

»Es dauert eine Weile, bis der Körper kalt wird.«

Und dann geschah das, was ich befürchtet hatte. Das Bett schaukelte, als die Frau sich über mich beugte und gegen meine Wange lehnte. Es roch nach alten Frauen, abgewetzten Teppichen und Kochkaffee. Sie umarmte mich weinend, als ich plötzlich spürte, wie sich etwas in meine Nase schob. Eine Locke ihres Haars kitzelte mich in der Nase. Es juckte und prickelte unbeschreiblich, nein, ich durfte nicht, nein, nein, nein ...

»Hatschi!«, nieste ich.

Die Alte sprang hoch. Ein tierischer Schrei. Ich setzte mich auf und wedelte beruhigend mit den Händen.

»Ich lebe!«, rief ich. »Ich bin nicht tot!«

Aber das machte alles nur noch schlimmer. Die Augen

des Mannes schwollen an zu Untertassen, bevor sich die Pupillen nach oben drehten, nach hinten und im Kopf verschwanden. Er fiel zu einem knochenlosen Haufen zusammen, und als ich aufstand, als ich mich von dem Leichenbett erhob und auf meinen eigenen Beinen stand, da fiel auch die Alte in Ohnmacht.

MONOLITH 2

Pålles Doppelhaushälfte sah verlassen aus. Die Außenlampen brannten nicht. Ich klingelte eine ganze Weile, dann klopfte ich laut.

Aber alles schien tot zu sein. Schließlich gab ich auf und ging zurück zu meinem Fahrrad. Da bewegten sich die Gardinen. Ein leichtes Flattern im Augenwinkel. Ich lief zurück, klopfte noch einmal. Endlich war das Klicken im Schloss zu hören. Die Tür öffnete sich einen Spalt, ein Schatten war im dunklen Flur zu sehen. Es war Pålle. Sein Gesicht war noch angeschwollen und von Verbänden verdeckt. Einige davon waren schmutzig.

»Du bist aus dem Krankenhaus abgehauen«, sagte ich ins Halbdunkel hinein.

Er nickte wortlos.

»Ich bin bei der Sitte gemeldet worden«, fuhr ich fort. »Die glauben, ich hätte dich geschlagen.«

»Keine Panik … das regelt sich.«

Die Stimme war brüchig, es fiel ihm schwer zu reden.

»Das regelt sich verdammt noch mal nicht. Wer war das, wer hat dich so zugerichtet?«

»Mir geht … okay … komm zur Schule … morgen.«

»Werde du erst einmal wieder gesund.«

»Ich muss … in die Schule … Hilfst du mir?«

»Ja, ist doch klar …

»Du hilfst mir«, sagte er und schien sich zu freuen. »Komm rechtzeitig. Richtig früh. Dann werden wir es ihnen zeigen …«

»Wir werden es ihnen ein für allemal zeigen.«

Pålle versuchte zu lachen, gab aber vor Schmerzen auf.

»Die hassen uns«, brachte er heraus.

»Alle sind gegen uns«, sagte ich. »Aber wir scheißen drauf, wir suchen uns unseren eigenen Weg.«

»Die hassen uns. Aber wir hassen sie noch mehr.«

»Brauchst du irgendwie Hilfe?«, fragte ich und versuchte mich reinzudrängen. Aber er hielt die Tür dagegen.

»Was ist los, Pålle?«

»Muss mich ausruhen.«

»Hast du Hilfe? Von deinen Eltern?«

»Die schlafen.«

»Die schlafen schon?«

»Ja, die schlafen …«

»Und bist du dir sicher, dass du es allein schaffst? Sag mir, wenn du etwas brauchst.«

Er versuchte wieder zu lächeln. Es sah schräg und unheimlich aus.

»Ganz früh«, sagte er. »Morgen ganz früh …«

Ich ging zurück zu meinem Fahrrad und fühlte, wie die Wut in mir hoch kochte. Die Schweinefresse und Ludvig, wir würden sie fertig machen. Auf irgendeine Art und Weise würden wir sie fertig machen.

Es ist schön, an Rache zu denken. Man wächst, fühlt sich gefährlich, schmiedet böse Pläne. Fängt an, innerlich den Countdown zu zählen.

Man kann als Rächer zwei Wege gehen. Man kann dem Gegner physisch schaden oder seinem Eigentum. Ludvig hatte ein Auto. Er hatte zwar noch keinen Führerschein, aber das Auto stand schon in der Doppelgarage und wartete auf ihn. Er prahlte damit, wie er heimlich schon mal zur Probe fuhr, wenn sein Vater nicht zu Hause war. Mit einem Mädchen an seiner Seite. Was das Auto betraf, konnte man sich eine ganze Menge vorstellen. Sand im Benzintank. Eine Flasche Motoröl über die Ledersitze, ein klebriger Gestank, der nicht rauszukriegen war. Der Lack, der so bescheuert glänzte, man brauchte nur einen Nagel. Oder einen Schraubenzieher. Neue Rallyestreifen hier und da, ein Zickzackmuster über die Windschutzscheibe. Und dann die Reifen, pfffft. Der Rückspiegel und die Antenne, knack und weg. Die Türen, ein Tritt und eine Beule. Und dann stellt man heimlich eine Kamera aufs Dach. Filmt, wenn Ludvig in die Garage kommt, wenn er gerade eine Spritztour mit seinem Mädchen machen will. Sein Gesichtsausdruck, in Großaufnahme, gerade als er den Schrotthaufen entdeckt. Als er schockiert kapiert. Genau diesen Augenblick möchte ich immer und immer wieder genießen.

Die Schweinefresse dagegen soll Prügel erhalten. Jede Menge Prügel. Zuerst ein paar fette Fausthiebe ins Gesicht, genau wie sie es mit Pålle gemacht haben. Geplatzte Lippen und Augenbrauen, bis die ganze Visage angeschwollen ist. Dann ein Schlagholz. Rücken, Schenkel, Kniescheiben. Ihn schlagen, bis er zusammenbricht. Bis er nicht mehr aufstehen kann. Er soll zu einem Sack werden, einem weichen Stück Scheiße, das nie wieder andere ärgern kann.

»Schöne Grüße von Pålle«, würde man zum Schluss sagen. »So möchte Pålle sich bedanken.«

Und die Schweinefresse würde kapieren. Die Rache hatte ihn erwischt. Das Böse, das er verbreitet hatte, war zurückgekehrt. Die Gerechtigkeit war auf die Erde gekommen.

Danach würde es weitergehen. Man würde alle bösen Menschen auf der Welt heimsuchen. Sie wie Brotkrümel von einer Tischplatte wischen. Alle Arschgeigen, alle mit ihrem höhnischen Grinsen, alle Plaudertaschen, alle, die herumliefen und allem, was sie nicht verstanden, Schwuchtel, Schwuchtel hinterher riefen, jeder einzelne Idiot, der unsere schöne Welt zerstörte und einem das Leben schwer machte.

Wie würde man sie wegwischen können?

Sie töten.

Wie sollte man sie töten?

Erschießen. Ein riesiges Grab ausheben, sie hineinwerfen und schießen, schießen, bis die Munition zu Ende war.

Wer würde schießen? Ich selbst. Ruhig stünde ich dort am Grubenrand und würde den ekligen Job erledigen, bis sich nichts mehr rührte.

Die Hassgefühle hielten bis zum Abend an. Mama war nicht zu Hause, also kochte ich mir Makkaroni mit Würstchen zum Mittag. Aß die ganze Dose auf, acht Würstchen. Dachte an Pålles Revolver, das schöne Gefühl, zu schießen. An den Rückstoß, der einem durch die Arme fuhr.

Ich erinnerte mich daran, wie ich ohnmächtig am Fuß der Treppe gelegen hatte. Wie friedlich das gewesen war. Ohne jeden Druck, keine Unruhe mehr in der Brust. Einfach weggleiten. Sich in ein Boot legen und aus dem Land schweben, einem fernen Horizont entgegen. Sehen, wie die Dämmerung sich dort oben ausbreitet. Die Sterne. Sternenstaub. Sich zur Ruhe wiegen lassen.

Der Hass wurde langsam durch Traurigkeit ersetzt. Ich legte mich auf mein Schlafsofa und fragte mich, ob ich nicht alles hinter mir lassen sollte. Wie sie mich dann hier finden würden, steif und kalt. Bereits unterwegs auf der letzten Reise. Mama würde weinen. Ihr neuer Freund würde es wahrscheinlich nur gut finden. Pålle würde mich wohl vermissen, aber in erster Linie, weil er selbst so einsam war. Die in der Schule wären erleichtert. Die Schüler, weil sie keine blöden Diskussionen mehr führen mussten. Die Lehrer, weil sie mir keine Zensuren mehr geben mussten, ein Zeugnis weniger zu schreiben hatten.

Es gab nur einen Punkt, der mich traurig machte.

Niemand würde je erfahren, dass ich es gewesen war, der die Gedichte am Schwarzen Brett geschrieben hatte. In der Zeitung stand ja, dass es Leonardo gewesen war. Niemand würde glauben, dass dieses picklige Bleichgesicht von den Naturwissenschaftlern, der im Putzkittel herumgelallt und sich die Treppe hinuntergestürzt hatte, das gewesen war. Wenn ich jetzt von der Erdoberfläche verschwand, wäre der ganze Kampf sinnlos gewesen.

Was war der Sinn des Lebens, wenn niemand wusste, wer ich wirklich im Innersten war? Wenn niemand meiner Seele näher kam? Sollte ich wirklich verschwinden, bevor die Welt mich kennengelernt hatte?

Aber wen könnte das interessieren?

Wer von allen Menschen in dieser riesigen Welt würde zuhören, wenn ich meine Gedichte vorlas?

Da gab es nur einen.

Piep. Pause. Piep. Pause. Wieder Piep, piep, piep … Klick!

»Johansson.«

Eine Männerstimme. Ich räusperte mich schnell.

»Hm, ich möchte Lavendel sprechen.«

»Und wen kann ich ihr melden?«

»Ääh, hust… Leonardo«, log ich.

»Leonardo, tatsächlich, ich erkenne deine Stimme gar nicht wieder. Du bist nicht vielleicht einer ihrer vielen Bewunderer?«

»Hm… hust…«

»Weißt du, sie muss ein bisschen abgeschirmt werden. Man kann nicht alle ihre kleinen emsigen Bewunderer vorlassen, denn dann würde sie ihre Hausaufgaben nie schaffen. Deshalb haben wir eine Warteliste.«

»Was?«

»Na, halt eine Liste, damit es zu keinen Überschneidungen kommt. Maximal zwei am Abend, das reicht, und vielleicht drei oder vier am Wochenende. Dates, meine ich. Kommst du mit?«

»Ja, schon.«

»Und höchstens vierzig Minuten pro Treffen. Sie muss ja ihre Schularbeiten auch noch schaffen. Nicht, dass sie wirklich arbeitet, meistens sitzt sie nur da und träumt, du weißt ja wohl, wie sie ist.«

»Aber…«

»Leonardo war also der Name. Wenn wir dich übermorgen reinschieben, um 17.40 Uhr, ach nein, da kommt ja schon Niklas. Und an den folgenden Tagen Laban, Algot, Olof, Erik, Lelle, Fabian und… da fällt mir ein, Daniel hat abgesagt. Am nächsten Sonntag zwischen zwei und drei. Passt das?«

»Häh?«

»Na, zwischen zwei und drei Uhr nachts, natürlich. Ja,

das ist das Einzige, was noch frei ist. Wenn du sie nicht treffen möchtest, während sie scheißt?«

»Was?«

»Ja, das macht sie so ungefähr einmal am Tag, und da könntest du eine Weile bei ihr sitzen und ihr das Papier abwickeln, ich werde dich reinschreiben, au …!«

Es raschelte und knisterte im Hörer. Mehrere Rufe und dumpfes Rumsen.

»Hallo«, war plötzlich Lavendels Stimme zu hören.

»Äh …«

»Hallo, Leonardo, das war mein schrecklicher großer Bruder, der macht immer so einen Blödsinn, man sollte ihn erwürgen.«

»Hier ist nicht Leonardo.«

»Leonardo?«

»Nicht Leonardo. Ich bin's.«

»Wer?«

»Der die Treppe runtergeflogen ist. In der Schule.«

Eine Zeitlang blieb es still. Aber sie legte nicht auf.

»Was willst du?«, war schließlich zu hören.

»Dich treffen.«

»Jetzt?«

Der Herbst schmiegt sich eng an den Jüngling, er spürt ihn am Rücken. Er atmet ihm in den Nacken, es ist ein Duft von Holzspänen, alten Holzschuppen, einer leeren Obstschale, über die man sich beugt, an der man schnuppert. Der Herbst riecht wie der kleine gebogene Stiel eines Apfels, wie die Birnenschale im Moos, wie etwas Feuchtes, das verrottet, aber immer noch da ist. Es ist die Sanftheit des Pfirsichs am Handgelenk, die leichte Säure, wenn man eine

Apfelsine schält, der kleine Schreibmaschinenpunkt eines mikroskopischen Tropfens auf der Oberlippe. Der Herbst wirft sich rittlings hinauf in die nackten Birken, er streichelt die silberweiche Birkenrinde, fährt mit seinem Windhaar durch die Nadelborsten der Kiefern, sieht einen schlafenden Vogel, hört ihn von der Zeit träumen, als er noch ein Kind war. Der Jüngling da unten bleibt stehen. Warum hat er keinen Namen? Er ahnt, dass ihn etwas berührt, und der Herbst lacht über seine Verwunderung. Er blättert zwischen den letzten Blättern des Baumes, sie sterben, während er auf ihnen schreibt, sie fallen wie daunenleichte Gedichte und verströmen ihren Duft. Nach Thymian und Rosmarin und einem ganz kleinen Hauch von Zimt. Und der Jüngling streckt seine Zungenspitze in die Dunkelheit und probiert. Weiß, dass sie da ist.

Ich stand vor ihrem Haus und hörte, wie die Tür geöffnet wurde. Ich wagte es nicht, mich zu bewegen. Jemand stand da und schaute in den Abend hinaus, ein Schatten in dem kalten Lampenschein.

»Bist du da?«

Es war Lavendel. Ihre Stimme war zart. Ich konnte immer noch flüchten.

Ich trat aus den Schatten hervor. Blieb stehen, spürte, wie mein Puls brannte.

»Hej.«

»Wollen wir ein bisschen gehen?«

Wir marschierten zwischen den sich auftürmenden Häusern los. Der Schein der Fernsehbildschirme aus Hunderten von Wohnzimmern prasselte auf uns nieder. Sie trug ihre abgewetzte schwarze Lederjacke und dunkle Jeans und hatte die Hände vor der Brust verschränkt. Keiner von uns sagte etwas. Ich traute mich kaum, sie anzusehen, alles konnte so schnell kaputt gemacht werden. Stattdessen gingen wir schweigend, Schritt für Schritt, ohne zu wissen, wohin. Es schien, als führte uns jemand. Ein Engel. Weg von den Häuserschlangen zum Feld auf der Rückseite und dem Gebüsch, zu dem kleinen Bach, der dem Radweg folgte. Die Straßenlaternen verschwanden hinter uns, ebenso das Fernsehlicht und die Autoscheinwerfer. Trotzdem wurde es nicht ganz dunkel, der Widerschein der Stadt folgte uns in den niedrig hängenden Abendwolken. Bald mündete der Bach in einem Tümpel, einem kleinen See, der mit Baggerschaufeln ausgehoben worden war, auf dem im Sommer die Enten schnatterten. Hier stand eine Parkbank, auf der die Alkis im Sommer zu sitzen pflegten, aber jetzt in der Herbstkälte lagen nur leere Flaschen herum. Wir setzten uns. Als hätte der Engel uns hierher geführt. Der Wasserspiegel, dunkle Tinte mit darauf schwimmendem Herbstlaub.

»Du warst die Einzige in der Schule, die es begriffen hat«, sagte ich.

»Mm.«

»Die mir keine Schimpfworte hinterhergerufen hat.«

Wir saßen Seite an Seite. Vielleicht vierzig Zentimeter zwischen uns. Das Wasser war ganz ruhig, aber das Laub darauf bewegte sich. Drehte sich im Kreis, langsam, ohne Ziel.

»Ich habe nicht gedacht, dass du mich magst«, sagte sie plötzlich.

»Wieso das?«

»Das ist eigentlich immer so. Die Leute stören sich an mir.«

»Das glaubst du nur.«

»Ich bin anstrengend. Ich gehorche nicht. Ich sage, was ich meine.«

»Aber das ist doch gut.«

»Wirklich?«

Sie drehte den Kopf und sah mich an. Ich spürte die Wärme, als hätte jemand die Luke in einem Kaminofen geöffnet.

»Und du?«, fragte sie. »Bist du verrückt?«

»Was?«

»Wenn du das bist, dann will ich es wissen.«

»Wie ist man dann?«

»Man glaubt, man könnte fliegen. Man wirft sich eine Treppe hinunter.«

»Ich glaube nicht, dass ich fliegen kann.«

»Aber warum hast du es dann getan?«

Mein Mund war ganz trocken. Ich schielte verstohlen zu ihr hinüber. Sie war dort im Dunkel, sie war nicht weggegangen.

»Um den Arschgeigen zu zeigen, dass ich keine Angst habe«, sagte ich.

»Ja …«

»Manchmal muss man das.«

»Sonst sind sie die Sieger«, sagte sie. »Und man darf sie nie gewinnen lassen.«

Wir gingen wieder los. Ich hielt mich jetzt etwas dichter neben ihr, so nah, wie ich mich traute. An der Außenseite meines Arms spürte ich eine leichte Wärmeausstrahlung, die von ihrem Körper ausging, die war durch ihre Jacke gezogen, durch die kalte Herbstluft und durch meine Jacke, fast die gesamte Wärme war auf dem Weg verschwunden, aber ein winziges kleines Bisschen gab es noch. Und das genügte, damit mir schwindlig wurde und ich anfing zu zittern. Der Weg machte einen Bogen und traf an anderer Stelle wieder auf das Wohngebiet.

Wir blieben stehen, vermieden, einander anzusehen. Sie zögerte, sie glaubte sicher, ich sollte jetzt gehen. Sollte ich? Einfach weggehen, wieder einsam sein? Wie machten das die anderen Jungs? Sie redeten in einem fort, ließen das Mundwerk laufen, die Schlagsahne aus dem Maul blubbern, bis alles eine einzige Fettpampe war. Nein, da zog ich doch das Schweigen vor. Es war schwieriger, zog einen nackt aus, aber man bekam Zeit, um nachzudenken.

»Ich habe mein Fahrrad in deinem Hauseingang stehen«, brachte ich heraus.

»Okay.«

Weitere Sekunden vergingen. Ich hätte sie so gern angefasst. Berührt. Ihre Haut gespürt, diese zarte Haut.

»Das war gut«, sagte ich. »Eure Demonstration.«

»Findest du?«

»Na, ihr seid damit doch auch in die Zeitung gekommen.«

»Es war nicht richtig von der Schulleiterin, Leonardos Gedicht runterzureißen. Man hat das Recht zu schreiben, was man will, schließlich leben wir in einem freien Land.«

»Hat es dir gefallen?«, murmelte ich.

»Leonardo ist ein Genie. Er hat schon mehr Gedichte geschrieben, hast du sie an unserem Schwarzen Brett gelesen? Er ist allen anderen überlegen.«

»Nun ja, ich bin es eigentlich, der …«, setzte ich an.

»Ja?«

»Ich tu das auch.«

»Was tust du?«

»Schreiben. Gedichte, meine ich.«

Sie schaute mich verwundert an.

»Darauf wäre ich nie gekommen.«

»Ist das so merkwürdig?«

»Aber du bist doch Naturwissenschaftler. Ich dachte, ihr habt alle einen Taschenrechner im Kopf?«

Ich sagte nichts darauf. Sie spürte, dass mir das weh tat.

»Nein, entschuldige ... was schreibst du denn so? Du kannst es mich doch mal lesen lassen, ja?«

»Ich habe sie nicht bei mir.«

»Ja, klar.«

»Aber ... hm ... ich kann sie morgen mitbringen.«

»Ja, mach das. Dann können wir sie zusammen angucken.«

Ich weiß nicht, wie wir zu ihrem Hauseingang zurückkamen. Ich zog meinen Fahrradschlüssel heraus.

»Ja, dann tschüs«, sagte ich.

»Warte«, sagte sie.

Und dann nahm sie mich ganz schnell in die Arme. Die Tür schlug zu, und sie war weg. Ich berührte die Luft, die sie eben noch umgeben hatte. Sie hing dort wie eine unsichtbare Tüte mit einem säuselnden Geräusch. Ich trat in die Blase hinein, blieb stehen, wartete, dass sie platzen würde.

MONOLiTH 3

Die Wohnung war dunkel, als ich nach Hause kam, ich war froh, meine Ruhe zu haben. Mein Kopf sauste und sang, jemand hatte ihn mit Gas gefüllt.

Sie hatte mich umarmt.

Okay, nur so eine Freundschaftsumarmung, aber sie war noch da. Ihre Schultern, ihre Brust, ihre Hüften dicht an mir, ihre babysanfte Wange, das Haar, das frisch gewaschen duftete, die Arme, die mich umarmt hatten. Ich spürte alles, als würde es gerade noch einmal passieren.

Ich sollte ihr meine Gedichte vorlesen. Allein der Gedanke ließ einen prickelnden Schaum durch meinen Körper sausen. Ich hatte ja noch nie jemandem gezeigt, was ich geschrieben hatte. Nicht auf diese Art und Weise, direkt von Aug zu Aug. Ein Gedicht an eine Pinnwand zu heften, das war einfacher gewesen, anonym und geschützt. Aber morgen sollte ich ihr gegenüber stehen und meine eigene Stimme hören. Sehen, wie sie zuhörte, reagierte.

Übrigens: Sollte ich stehen? Ich ging zum Flurspiegel und probierte eine poetische Lesehaltung aus. Die Beine ein wenig gespreizt, den einen Fuß nach außen gerichtet, der Oberkörper energisch schaukelnd im Takt zu den Worten. Nein, das sah ja aus, als ruderte ich einen Kahn. Besser, mit übergeschlagenen Beinen in einer netten Haltung dasitzen. Mit einer Zigarette in der Hand. Aber ich rauchte ja nicht. Ich konnte mir eine Zigarette ausleihen und sie einfach halten und dann mit halb geschlossenen Augen lesen, als träumte ich. Ich nahm einen Kugelschreiber und versuchte es.

Nein, das sah gekünstelt aus. Vielleicht sollte ich lieber ein wenig herumgehen, die Bühne auf natürliche Art und Weise einnehmen. Ich versuchte mich entspannt zu bewegen, merkte aber, dass ich einen steifen Po hatte. Versuchte mit den Hüften zu wippen, aber das sah nur angestrengt aus. Schweiß brach mir aus. Vielleicht war es besser, sich auf den Text zu konzentrieren. Die Worte, die reine Kraft der Worte an sich. Zu versuchen, sie ihr nahe zu bringen.

Also nahm ich das Michelbild ab und legte es auf den Küchentisch. Dann pulte ich an der Rückwand, um den wachsenden Stapel mit meinen Gedichten herauszuholen.

Leer.

Sie waren nicht da.

Ich begriff gar nichts. Waren sie irgendwie herausgerutscht, auf den Boden gefallen? Nein, das war unmöglich. Ich ließ mich auf den Küchenstuhl sinken und schnappte nach Luft. Spürte, wie mir schwindlig wurde, wie ich das Gefühl im Körper verlor.

»Du brauchst Hilfe.«

Plötzlich stand sie da. Ein Gespenst. Eine Ninjakriegerin, die zwischen den Schatten gewartet hatte. Die Augen waren glänzende Knöpfe, der Mund gespannt vor Verachtung und Entschlossenheit.

»Ich kenne Leute, die dich wieder in Ordnung bringen können. Im Krankenhaus. Ich habe schon angerufen, aber da gibt es eine Warteliste. Du hast in zwei Wochen einen Termin.«

»Die Gedichte«, stammelte ich.

»Leuten in die Augen schießen«, sagte sie. »Bombardieren und in die Luft sprengen. An so etwas denkst du also.«

»Aber das sind doch Gedichte«, versuchte ich es. »Meine Gedichte, Mama.«

»Die sind weg.«

»Was meinst du damit?«

»Die gibt es nicht mehr.«

Ich ließ ein gepresstes Jammern hören und sprang zur Balkontür. Draußen stand der Grill mit einem Haufen schwarzer, herumwirbelnder Rußflocken.

»Es ist nur zu deinem Besten«, hörte ich Mamas Stimme. »Du wirst das später verstehen, eines Tages wirst du mir danken.«

Jacke. Schuhe. Raus, weg hier.

»Warte, wir müssen reden. Du kannst nicht die ganze Zeit nur davonlaufen.«

Ich warf mich auf mein Rad und trampelte los. Schneller, immer schneller, bis ich mich aus der Anziehungskraft der Erde löste und weiterfuhr, direkt in den dunklen Nachthimmel.

Der Wald. Schwarz und verwachsen. Wie mein Leben, wie mein krankes, verfluchtes Gehirn. In der Nachtkälte roch der Wald ganz anders, scharf und modrig. Metallisch, Messerklinge. Feuchtes Hundefell. Blut.

Die Fahrradlampe flackerte über den Waldweg, der Vorderreifen rutschte in Kuhlen, graues Wasser spritzte hoch. Die Kreuzung sauste vorbei. Es war schwer, in der Dunkelheit etwas zu erkennen, alles floss ineinander. Meine Augen waren kaputt. Ich strich mir mit dem Handrücken darüber und spürte, dass sie feucht waren von einem ekligen kalten Weinen.

In der Dunkelheit fuhr ich falsch. Ich bremste und schob das Rad zurück, hielt nach Erkennungszeichen Ausschau. Schließlich erkannte ich den Weg wieder und hob das Rad in den Wald hinein. Die Zweige peitschten mir ins Gesicht, während ich versuchte, mich durchs Dickicht zu pressen. Ich musste mich unter großen Zweigen ducken. Bald konnte ich ihn erahnen. Eine dunklere Dunkelheit, schwärzer als schwarz. Der Bunker. Ich tastete mich vor und fühlte an der Stahltür. Sie war verschlossen. Also tastete ich mich zehn Meter weiter zur Kiefer. Fühlte den Stamm entlang, an der rauen Rinde. Ja, er war da, wo Pålle ihn zurückgelassen hatte, versteckt in einer Astgabel. Mit steifen Fingern konnte ich den Schlüssel herausziehen.

Die Stahltür ließ sich mit einem Knirschen öffnen. Ein rabenschwarzes Loch führte hinunter in die Katakomben. Stolpernd tastete ich mich voran. Es war kein Unterschied, ob ich die Augen schloss oder nicht. Mit der Stirn stieß ich gegen eine Betonkante, dass ich ins Schwanken kam. Vorsichtig! Hier war eine Öffnung. Nein, sie endete mit einer Wand. Dann da? Ich tastete mit dem Fuß jeden Schritt voran, hatte Angst, in irgendein Loch zu treten. Geschluckt zu werden.

Bald hatte ich mich verirrt. Ich versuchte mich zu erinnern, wie der Raum ausgesehen hatte. Die Panik wuchs. Ich musste es ruhig angehen lassen, logisch denken. Der Wand folgen und sehen, wohin sie mich führte. Irgendwo musste sie ein Ende haben.

Hier war das Ende. Eine Ecke. Ein Bolzen stand vor. Also war das die Bolzenecke. Die nächste war die Rissecke mit einem schrägen Riss. Die Nassecke, an der sich die Wand feucht anfühlte. Die Stinkeecke, in der es verrottet roch. Und dann wieder die Bolzenecke.

Ich ging im Kreis. Würde mich hier in der Dunkelheit im Kreis bewegen, bis ich hinfiel. Widerstrebend ließ ich mich auf die Knie sinken. Verließ die Wand und kroch stattdessen direkt ins Unbekannte.

Ein Loch. Der Boden öffnete sich, aber ich konnte rechtzeitig bremsen. Und da fühlte ich Eisen. Die Leiter hinunter in die Unterwelt, jetzt erinnerte ich mich wieder. Ein kurzes Klettern, und da war der Boden. Weiter nach vorn, vorsichtig …

Hoppla! Der Fuß stieß gegen etwas Weiches. Das war ein Karton. Runde Teile darin, eingedelltes Metall. Konserven. Ich war in Pålles innere Kammer gelangt. Hier lag eine Decke, da Matratzen. Etwas Längliches, Glattes, eine Kerze. Und dann schließlich eine kleine Schachtel, die wunderbar klapperte.

Der Lichtkegel schnitt ein Loch in die Dunkelheit. Ich wurde geblendet, die Augen brannten und liefen. Erst nach einer ganzen Weile konnte ich in das flackernde Kerzenlicht blinzeln. Es standen mehr Kartons hier als beim letzten Mal. Pappkartons voller Essenskonserven. In Plastiktüten fand ich Makkaroni, Salz, Reis und Mehl. Pålle meinte es ernst. Er wollte tatsächlich bereit sein, falls etwas passierte.

Mein Magen knurrte, und ich öffnete eine Dose mit Fleischklößchen in Sahnesoße. Ich aß den kalten Inhalt direkt aus der Dose und nahm eine Tafel Schokolade zum Nachtisch. Dann legte ich mich auf die Matratze und deckte mich mit allen Decken zu, die ich finden konnte. Ich sah, wie die kleine Kerzenflamme in der Kälte der Grotte flackerte.

Meine Gedichte gab es nicht mehr. Der Gedanke daran tat weh. Mama hatte das gelesen, was für mich am meisten bedeutet hatte. Sie hatte meine innersten Gedanken durchblättert und Panik bekommen. Und dann alles verbrannt. »Du brauchst Hilfe.« Das hatte sie mir gesagt. Eine Missgeburt, die geheilt werden musste.

Ich sehnte mich so sehr nach Lavendel. Versuchte mir vorzustellen, wie sie hier neben mir lag. Wie gut sie roch. Ihre Wärme, ihr schmaler Rücken. Sie und ich gegen den Rest der Welt.

Und wenn Pålle nun Recht hatte und die Welt unterging? Ein Krieg oder eine Weltepidemie, die Ausrottung der Menschheit. Nur Lavendel und ich, wir sollten noch übrig bleiben. Die letzten Überlebenden. Hier konnten wir bleiben, bis alles vorbei war, bis es niemanden sonst mehr gab. Bis alle Bosheiten und Ungerechtigkeiten ausgemerzt waren. Wenn alle Völker und Stämme tot waren, würde es keine Länder mehr geben. Keine Grenzen, um über sie zu streiten, keine Religion oder Politik, keine Arschgeigen, Idioten, Arme oder Reiche. Nur noch eine einzige riesige Welt, in der die Körper langsam verrotteten und unter Gras und grünen Wäldern verschwanden.

Und das würde das Paradies sein. Lavendel und ich, zwei Liebende. Wir hätten den ganzen Planeten für uns, alle Technik wäre überholt, alle Elektronik, alle Computer. Wozu ein Handy, wenn man den, den man liebte, neben sich sitzen hatte? Wozu waren Fernsehen oder Internet nötig, wenn man den Sonnenuntergang vor sich hatte?

Im ersten Sommer nach der Katastrophe würden wir

Richtung Süden aufbrechen. Wir würden uns ein Fahrrad in den rostigen Fahrradständern der Stadt suchen und den verwitterten Asphaltwegen quer durch Skandinavien folgen. Die Öresundbrücke würde hoffentlich noch stehen, sonst müssten wir in einem Boot über den Sund schippern. Und dann weiter über den Kontinent. Das würde den ganzen Sommer dauern. Aber dann bei Herbstbeginn, dann würde sich etwas Riesiges, Tiefblaues vor uns öffnen. Das Mittelmeer. Menschenleere Strände und gleißende Sonne. Orangenhaine, Palmen, verwilderte Felder, die nur darauf warteten, wieder kultiviert zu werden.

»Hier ist es schön«, sagt sie.

»Hier ist es sehr schön«, lache ich und lehne das Rad gegen einen alten Olivenbaum.

Dann lassen wir uns im Schatten nieder und genießen die Meeresbrise. Nein, wir legen uns hin, eng umschlungen. Ihr grüner Blick tief in meinem. Es gibt nur noch uns beide, die letzten beiden auf der ganzen Welt. Und gleichzeitig die ersten.

»Eva«, flüstere ich. »Und Adam ...«

Sie zieht sich langsam den Pullover aus. Ich öffne meine Hose. Und wir stehen uns nackt gegenüber, pulsierende Haut, pulsierende Geschlechtsteile. Wir werden es wieder in Gang setzen. Wir werden die neue Menschheit gründen. Die Elektrizität wird stärker, das Bild knistert, zittert und verschwindet ...

MONOLITH 4

Ich musste eingeschlafen sein. Die Kerze war heruntergebrannt und erloschen, es war kohlrabenschwarz um mich herum. Ich strich ein Holz über die Reibefläche, die Armbanduhr zeigte, dass die Morgendämmerung sich näherte.

Etwas hatte mich geweckt. Das Gefühl kam zurück, da gab es etwas, was ich übersehen hatte. Eine Unruhe im Hinterkopf, ein juckender Splitter. Etwas, das nicht stimmte.

Pålles Gesicht tauchte vor meinen Augen auf. Er versuchte etwas zu sagen. Seine Lippen bewegten sich, aber sie waren mit einer Art schwarzer Folie bedeckt, eine körnige Haut.

Nein, das war etwas anderes. Ich ging zurück in meiner Erinnerung, durchlief noch einmal die letzten Tage. Pålle in der Notaufnahme. Der tote Junge im Krankenhausbett. Mamas Verrat. Lavendel.

Ich schloss die Augen. Wischte alle Gedanken aus meinem Kopf und sah sie wie schmutziges Wasser in einem Badewannenabfluss abfließen. Schließlich wurde ich selbst auch hineingezogen, ich sank immer tiefer, während mein Körper immer schwerer wurde. Ein kreisendes, einschläferndes Gefühl der Übelkeit.

Aber gerade in dem Moment, als ich fast einschlief, zuckte mein Körper zusammen. Ich richtete mich hellwach auf. Der Hund. Pålles Hund. Warum hatte er gestern nicht gebellt, als ich dort gewesen war?

Seine Eltern waren verreist und hatten den Hund mitgenommen. Das war alles. Aber Pålle hatte doch gesagt, sie würden schlafen? Dann mussten sie ja wohl zu Hause sein?

Die Kälte im Bunker ließ mich zittern. Es gelang mir, einen Spirituskocher anzuzünden, der ganz neu aussah, Wasser zu kochen und eine Kiste mit Teebeuteln zu finden. Der Tee schmeckte bitter so ohne Zucker, aber er weckte mich. Mit einem Kerzenstummel in der Hand suchte ich den Weg zurück durch die Gänge, und bald war ich draußen beim Fahrrad.

Die erste Morgenröte war zu erahnen. Die Kälte machte den Wald neblig, Feuchtigkeit tropfte von den nackten Zweigen des Dickichts. Vom Durchzwängen wurde meine Kleidung feucht, die Joggingschuhe verwandelten sich in Schwämme. Endlich erreichte ich den Waldweg. Die Reifen rutschten auf dem Lehm, als ich losstrampelte und immer schneller wurde, um wieder warm zu werden. Hinter einer Kurve stand plötzlich etwas riesiges Schwarzes. Das Fahrrad rutschte näher, und ich sah, wie sich die großen Parabolohren drehten. Dann bekam sie Witterung von mir und lief mit großen, wiegenden Schritten davon, und gleich hinter ihr folgte ein Elchkalb mit kleinen, erschrockenen Trippelschritten. Wie im Traum verschwanden sie zwischen den Bäumen, wie etwas, das ich nur fantasiert hatte. Nur die Spuren waren noch zu sehen, als ich mir des Anblicks wirklich bewusst geworden war.

Die Stadt schlief noch, als ich angeradelt kam, die Straßen lagen leer da. Der Asphalt glänzte von der Nachtfeuchtigkeit, Geschäfte und Wohnungsfenster waren noch dunkel. Ich fuhr auf den Radwegen zu dem Doppelhaus, in dem Pålle wohnte. Auch hier war alles fast gespenstisch still, aber bei Pålle brannte im Küchenfenster Licht. Ich ging leise die Außentreppe hinauf und klopfte vorsichtig, um seine Eltern nicht zu wecken. Fast umgehend wurde die Tür geöffnet.

Pålle stand da, mehr tot als lebendig. Es hatte keinen Sinn, darüber Scherze zu machen, ich sah, dass er Schmerzen hatte.

»Du kommst also doch«, brachte er heraus. »Ich habe gewusst, dass du kommen würdest!«

»War doch verabredet.«

»Ja, aber du bist wirklich gekommen. Verdammte Scheiße, dass du gekommen bist.«

Es war zu sehen, wie sehr er sich freute. Er erschien fast erleichtert, als wäre er kurz davor gewesen, aufzugeben.

»Wo ist der Hund, Pålle?«

»Welcher Hund?«

»Na, eurer natürlich. Ich habe heute Nacht im Bunker geschlafen, und da ist mir der Hund eingefallen.«

»Du hast im Bunker geschlafen?«

»Ja, ich musste es.«

»Hast du den Spirituskocher gesehen? Und die Kanister mit Petroleum? Ich habe dir doch gesagt, dass ich alles fertig machen wollte, es gibt da drinnen was zu essen und Wärme für mehrere Monate. Wenn man es sich einteilt, man muss schon sparsam sein. Warte hier!«

Er verschwand im Haus, ich hörte, wie er irgendwo herumwühlte. Dann kam er zurück, in einem schlabberigen Militärmantel und mit einem vollgepackten Rucksack.

»Verreist«, sagte er. »Ich meine, der Hund. Meine Eltern sind mit ihm weggefahren.«

»Aber gestern hast du gesagt, dass sie schlafen?«

»Du brauchst keine Angst zu haben. Hast du Angst? Hast du Angst vor Hunden?«

»Der schien ziemlich wild zu sein.«

»Weißt du, die sind weggefahren. Mit dem Auto. Sind verreist.«

Er redete merkwürdig, als wäre er außer Atem. Stoßweise und abgehackt, schien seinen Mund nur so wenig wie möglich bewegen zu wollen.

»Bist du in Ordnung?«, fragte ich.

»Ja, klar. Das heilt. Es dauert nur eine Weile, aber es heilt.«

Pålle hinkte zu seinem Fahrrad und schloss es auf. Der Rucksack sah schwer aus, er spannte ihn auf dem Gepäckträger fest. Verzog das Gesicht, als er das Bein über den Rahmen schwang. Sie mussten ihm in den Schenkel getreten haben, Muskeln zertreten haben. Er bemerkte meinen Blick.

»Jetzt machen wir sie fertig«, sagte er.

»Wollen wir los?«

»Na sicher, das weißt du doch.«

Er versuchte mit den kaputten Lippen zu lächeln und zeigte auf die Beule auf meiner Stirn.

»Du siehst aus wie ein Verkehrsunfall«, sagte er.

»Du auch.«

»Aber wir kriegen das hin. Wenn wir einander helfen, werden sie uns nie vergessen.«

Er machte eine ausholende Geste nach vorn, mit der ganzen Handfläche. Dann fuhr er los in die Nachtkälte. Ich folgte ihm.

Das Östra Läroverket stand verlassen und stumm da. Der Autoparkplatz war leer, keine Schüler überquerten den Hof, keine Türwächter hielten Ausschau, keine Journalisten fotografierten.

Pålle gab mir ein Zeichen, das Fahrrad stehen zu lassen, und gemeinsam schlichen wir uns an die Häuserwand. Mit mir im Gefolge lief er die Wand bis zum Chemieflügel entlang. Dort blieb er stehen und öffnete den Rucksack.

»Hier gehen wir rein«, flüsterte er.

»Und wie? Willst du eine Scheibe kaputt schlagen?«

Nach ein wenig Suchen und Metallklappern zog er einen breiten Meißel heraus. Er zeigte auf ein Fenster in gut zwei Metern Höhe.

»Ich habe die Riegel präpariert. Die sind aufgeschraubt und sitzen lose. Du kletterst auf meinen Rücken und hebelst das Fenster auf.«

»Das soll ich machen?«

»Ich selbst schaffe es nicht. Nicht heute.«

Pålle reichte mir den Meißel. Dann stützte er sich mit den Händen an der Wand ab. Ich packte seine Schultern und zog mich hoch. Er jammerte vor Schmerzen, als ich auf seinen gebogenen Rücken trat und mich schwankend aufrichtete. Keuchend schob ich den Meißel zwischen Fensterrahmen und Fenster und merkte, wie der Widerstand nachließ. Auf leisen Scharnieren glitt das Fenster auf, und die Schulluft strömte mir entgegen.

Ich sprang hinunter, und Pålle tauchte wieder in seinen Rucksack. Er holte ein Plastikseil mit fertig geknoteten Schlingen heraus, an einem Ende war ein mit Stoff umwickelter Metallhaken befestigt.

»Militärzeug«, flüsterte er.

Schnell warf er den Haken in die Fensteröffnung. Irgendwo da drinnen in der Dunkelheit hakte er sich fest. Pålle zog fest am Seil, um zu sehen, ob es auch hielt, dann steckte er die Füße einen nach dem anderen in die Schlaufen und kletterte hinauf. Mühsam zog er sich durch das offene Fenster.

»Der Rucksack!«, befahl er.

Ich reichte ihn nach oben und merkte, wie schwer er war. Dann kletterte ich hinterher. Mit Pålles helfender Hand zog ich mich über die Fensterbank. Er holte das Seil ein und schloss wieder das Fenster. Von draußen konnte niemand etwas Verdächtiges sehen. Wir standen still da und lauschten, uns beiden war der Ernst der Lage bewusst. Das hier war kein Spiel mehr, das war ein Einbruch. Wir hatten eine Grenze überschritten.

Der Flur war hell erleuchtet. Vielleicht gab es jemanden, der hier arbeitete? Einen Nachtwächter? Wir horchten angespannt, aber es war alles still. Vorsichtig schlichen wir uns vorwärts, jedes Mal, wenn wir an einem Fenster vorbei mussten, duckten wir uns, damit niemand etwas von außen sehen konnte. Das Gebäude erschien so fremd ohne das tägliche Leben und Treiben, fast feindlich. Stein und Beton, Glas und Ziegel, nur hartes Material mit scharfen Kanten und Ecken. Wir liefen in den nächsten Flur, dort standen die Schülerspinde.

Eine lange Reihe von Metallkästen mit nadelgrünen oder senfgelben Türen. Alle nummeriert und mit einem Vorhängeschloss versehen, das die Schüler am Anfang des Schuljahres mitbringen mussten. Ich unterdrückte ein Schaudern. Sabina Stare und ein Strauß Rosen, genau hier hatte sie ihn auf den Boden geworfen.

Der Spind der Schweinefresse war leicht wiederzuerkennen. An einem Aufkleber, auf dem stand: »Golfer schaffen 18 Löcher.«

»Hast du eine Zange?«, fragte ich flüsternd.

Pålle grub in seinem Rucksack und zog eine große Kneifzange heraus. Ich behielt meine Handschuhe an, um keinen Fingerabdruck zu hinterlassen, und versuchte den Schlossbügel durchzukneifen. Aber wie sehr ich mich auch anstrengte, es war kaum ein Abdruck zu sehen.

»Den Meißel«, bat ich.

Pålle gab ihn mir. Ich schob ihn in die Schlossöse, drückte gegen die Schranktür und hebelte mit einem Ruck. Das ging besser, das Schloss gab mit einem Knirschen nach, seine Teile fielen scheppernd zu Boden. Die Tür glitt auf, und wir beugten uns vor.

Auf dem Regal lagen ein paar Schulbücher, am Haken hing ein hellblaues Tennishemd, und auf dem Boden stand ein Paar Sportschuhe. Das war alles. Wütend fegte ich die Bücher auf den Boden, warf das Hemd obendrauf und trampelte darauf herum.

»Dieses Schwein!«, fauchte ich. »Hast du ein Feuerzeug, dann verbrennen wir den Mist.«

»Dann gibt es Feueralarm«, bemerkte Pålle. »Die Rauchmelder.«

Frustriert ging ich zu Ludvigs Spind und brach auch den auf. Aber auch hier war nichts Teures abzustauben. Ein Energiedrink stand auf dem Regal, ich öffnete ihn und bespritzte beide Spinde mit der klebrigen Flüssigkeit.

»Zufrieden?«, wollte Pålle wissen.

»Besser«, sagte ich.

»Bist du dabei?«, fragte er dann.

»Meinst du …?«

»Du weißt, was ich meine.«

Pålle betrachtete mich mit einem ganz ruhigen Blick, der in gewisser Weise durchsichtig war. Als könnte ihn nichts mehr erschüttern. Er holte eine Packung Tabletten aus der Tasche, drückte eine weiße aus der Folie und schluckte sie. Dann legte er mir eine rote in die Handfläche.

»Jetzt machen wir es«, sagte Pålle.

»Scheiße …«

»Man wird ganz ruhig, schau mich an. Schön ruhig.«

»Ja …«

»Ist nur so eine Soldatensache. Vollkommen ungefährlich.«

Ich starrte Pålle an. Führte die Handfläche zum Mund. Schluckte schwer. Pålle betrachtete mich erwartungsvoll. Langsam breitete sich ein Lächeln auf seinem zerschlagenen Gesicht aus.

»Ich wusste, dass du es hinkriegst«, sagte er.

»Scheiße, Pålle …«

Er beugte sich vor und öffnete den Rucksack. Zog ein öliges Stück Leinen heraus, in dem Metallteile lagen. Und dann noch etwas Schwarzes, ein Lederfutteral, das ich zu kennen meinte. Er reichte es mir und fing an, die Metallteile mit leisem Klicken zusammenzusetzen.

»Wir gehen in der ersten Stunde rein«, sagte er. »Wir gehen rein, wenn sie sich hingesetzt haben.«

Ich öffnete das Lederfutteral. Zog etwas Glänzendes, Schweres heraus. Den Revolver.

»Die haben dann Schwedisch«, fuhr er fort. »Schwedischunterricht. Alle Arschgeigen sind versammelt, dann gehen wir rein und knöpfen uns einen nach dem anderen vor. Hier.«

Er reichte mir eine schwere Pappschachtel. Drinnen lagen Revolverpatronen.

»Aber Pålle …«

»Wir erledigen sie alle. Jeden Einzelnen. Oder sollen wir die Mädchen verschonen, was meinst du?«

»Ich habe … weißt du … ich habe eine kennen gelernt …«

»Aber die Jungs, die erledigen wir. Jeden einzelnen. So viele, wie wir schaffen.«

»Sie heißt … La …«

Pålle sah mich ruhig an. Sein Gesicht war überirdisch ruhig. Er hatte etwas Wogendes, Glänzendes an sich, etwas Vogelartiges. Er hatte am Abgrund gestanden, und schließlich hatte er sich fallen lassen.

»Wir verlassen diese Scheißwelt«, sagte er. »Aber mit Stil. Die werden uns nie vergessen.«

Er hielt das zusammengesetzte Metallteil hoch. Es war ein Maschinengewehr. Zum Schluss drückte er ein geladenes Magazin hinein.

»Wir gehen zusammen rein. Ich feuere eine Salve über die Bänke. Du bleibst in der Tür stehen und gibst mir Deckung. Keiner kommt rein oder raus, ich will nicht von hinten angegriffen werden.«

»An der Tür stehen bleiben«, hallte eine Stimme in meinem Mund wider.

»Es wird Panik geben. Sie werden zur Tür stürmen. Du hältst sie auf. Schießt mitten hinein, ein Schuss reicht, das ist Hohlspitzmunition. Die ganze Brust wird auseinandergerissen.«

»Mitten hinein.«

»Ein paar werden zum Fenster rennen. Die nehme ich mir vor. Oder sie verstecken sich unter den Bänken, dann wird das eine Rattenjagd. Peng, peng, hihi, einer nach dem anderen. Wir führen das zu Ende, machen weiter, bis alles klar ist. Es wird nicht mehr als zwei Minuten dauern.«

»Zwei Minuten.«

»Zwei, höchstens drei Minuten. Dann ziehen wir uns zurück. Auf demselben Weg. Durchs selbe Fenster raus und auf die Drahtesel.«

»Selbes. Fenster.«

»Bis die Bullen kommen, sind wir schon lange weg. Wir fahren die Radwege entlang, ganz ohne Stress, im normalen Tempo, so dass uns keiner beachtet. Keiner wird uns anhalten, keiner sehen, wie wir im Wald verschwinden.«

»Sollen. Wir. Dahin?«

»Das weißt du doch. Wir werden wie vom Erdboden verschluckt sein, verschwunden von der Erdoberfläche. Es gibt genug Vorrat, dass wir durch den Winter kommen.«

»Im Bunker.«

»Kein Schwein wird uns finden. Die werden wie die Wahnsinnigen suchen, die werden Busse, Züge und Tramper überprüfen, aber nirgends auch nur die geringste Spur finden.«

»Win. Ter. Bun. Ker.«

»Wie geplant«, sagte Pålle.

Er beugte sich dicht zu mir. Sein Atem roch süßlich.

»Du schaffst das doch, oder?«, fragte er leise.

»Schaff. Ffe.«

»Denn wenn du jetzt kneifst… Wenn du nur daran denkst, dann bin ich gezwungen, dich zu erschießen.«

»Pål. Le.«

»Nimm noch eine«, sagte er und legte mir eine rote Tablette auf die Handfläche.

»La…«

»Komm, nimm sie schon.«

Ich führte die Hand zum Mund und schluckte kräftig.

»Lass sie einen Moment wirken«, sagte Pålle. »Spür, wie die Ruhe kommt.«

»Aa.«

»Komm, jetzt verstecken wir uns im Klo. Wir schließen uns in einer Kabine ein und warten.«

Ich ging mit dem Revolver voran, Pålle folgte dicht hinter mir mit der MP und dem Rucksack. Ich hörte, wie er anfing zu summen. Eine Melodie von einer alten Vinylsingle, immer und immer wieder. Die ganze Welt drehte sich langsamer, wie in Sirup getaucht.

Everybody come and do the Locomotion
Come on baby, do the Locomotion

»Ach, übrigens«, unterbrach er sich selbst. »Es waren nicht die Schweinefresse und Ludvig, die mich zusammengeschlagen haben.«

»Nein?«

»Nein, es war mein Vater. Aber damit ist jetzt Schluss. Die haben damit aufgehört. Er und meine Mutter. Ich habe es geschafft, dass sie aufgehört haben.«

Siiiiiirrruuupp… Siiiiiiiirrrrrrrrruuuuuuuuuuuuppp…

Muss.

Ihn.

Aufhalten.

MONOLITH 5

Menschen haben so sinnlose Angst vor dem Tod. Ich auch, als ich ihm das dritte Mal begegnete. Das erste Mal starb ich um der Liebe willen, es gab ein Mädchen, das hieß Sabina Stare, das mich nicht liebte, und ich war gezwungen, mein Leben zu opfern.

Ich verbrannte es, legte es in eine Kuhle und ließ die Flammen in die Nacht aufsteigen. Der Tod war stark und weiß, ich begegnete den Flammen und ging durch sie hindurch. Das war ein trauriges Gefühl. Aber dann wurde es einfacher. Irgendwie freier.

Das zweite Mal flog ich eine Treppe hinunter.

Das dritte Mal erinnere ich nur als einen weißen, durchscheinenden Nebel.

Ich halte den Revolver, schwer, tödlich, und sobald wir in der Toilette sind, will ich mich umdrehen und ihm mit dem Kolben eins über die Schläfe verpassen. Ein schwerer Schlag, so dass er zu Boden geht. Vielleicht muss ich zweimal oder dreimal zuschlagen, das Wichtige ist, dass er so fällt, dass ich ihm seine Waffe abnehmen kann. Ich nehme ihm die MP ab und rette die Welt. So ist der Plan. Ich lasse eine ganze Schulklasse mit Arschgeigen weiterleben. Sie dürfen in ihren Unterricht gehen, wieder raus und durchs Leben wandern auf ihre Karrieren zu mit Universität, Topjob und Traumgehältern, ohne dass jemals einer erfährt, wie nahe er dem Tode war.

Aber etwas geht schief. Oder – ich weiß es gar nicht genau, es ist einfach weg. Alles ist ausradiert, alles, was passiert ist, nachdem ich zugeschlagen habe. Wie es dann abgelaufen ist, das kann ich nicht sagen. Das ist der Preis, den man bezahlen muss, wenn man stirbt. Man wird niemals erfahren, wie es sich zugetragen hat. Aber das ist nicht so schlimm, die Welt verschwindet hinter dem Horizont …

»Wie geht es dir?«

Sanfte Hände an der Wange, auf der Stirn. Weiches Haar, das kitzelt, der Duft frischer Äpfel.

»Wie geht es dir«, wiederholt eine Stimme, »antworte, bitte …«

»Äääh …«

»Du warst fantastisch. Einfach fantastisch!«

»Was?«

Mühsam setzte ich mich auf. Ich hatte auf einem Teppich gelegen. Helllila. Flauschig. Mein Körper war schwer und verschwitzt. Was hatte sie mit mir gemacht?

»Was du gelesen hast«, sagte sie. »Deine Gedichte.«

»Meine Mutter hat meine Gedichte verbrannt …«

»Du hast sie aus dem Gedächtnis gelesen. Einfach auswendig. Es ist geradezu aus dir herausgeflossen, es war Wahnsinn, es sind einfach so Gedichte aus dir herausgeströmt.«

»Tatsächlich?«

»Schwer zu glauben, wenn man dich so ansieht. Dass du so vieles in dir hast.«

Ihre Augen waren dunkelgrün. Wie Laubkugeln. Wie Blatttunnel. Wie …

»Es wird noch mehr kommen«, flüsterte sie. »Ich sehe, wie die Gedichte wachsen …«

»Ich glaube, ich bin in Ohnmacht gefallen«, murmelte ich.

»Ja, du bist auf den Teppich gefallen.«

»Aus irgendeinem Grund bin ich umgekippt. Ich kann mich nicht mehr erinnern, warum, es ist weg.«

»Kannst du dich an gar nichts mehr erinnern?«

»Doch, dass wir uns getroffen haben natürlich. Und dass wir bis zum Teich gegangen sind.«

»Aber das war doch gestern. Erinnerst du dich an gar nichts mehr von heute?«

»Nun ja … das ist alles ziemlich verschwommen.«

»Du warst doch in der Schule. Und hinterher bist du mit mir nach Hause gegangen. Hierher, wo wir jetzt sind.«

»Dann ist nichts in der Schule passiert?«

»Die Schulleiterin hat davon gelabert, dass sie Videokameras installieren wollen.«

»Aber sonst … es ist nichts passiert? … nichts Schlimmeres?«

Sie musste lachen. Bekam kleine Grübchen in der Wange.

»Nein, was sollte das denn sein?«

»Im Schülerklo.«

»Ja, stimmt. Da waren Blutspuren auf dem Boden. Aber keiner wusste, von wem.«

»Lag keiner da? Ein Junge?«

»Nein, wovon redest du? Weißt du da mehr?«

Da beugte ich mich vorsichtig vor. Suchte ihre heißen Lippen, das Rote drinnen. Traute mich aber nicht.

»Leonardo …«, murmelte ich. »Seid ihr, ich meine, Leonardo und du …«

»Nur gute Freunde«, lachte sie. »Wusstest du das nicht?«

»Was?«

Sie legte mir sanft die Hand auf den Nacken.

»Leonardo ist der tollste Schwule, den ich kenne.«

Schwul. Schwulschwulschwulschwul. Das schönste Wort der Welt.

»Lies noch einmal ein Gedicht«, flüsterte Lavendel.

»Aber meine Mutter hat sie doch verbrannt …«

»Ach was, dir fällt es schon ein. Ich habe es doch gerade gehört, du kannst sie alle auswendig.«

Dann küsste sie mich. Und ich öffnete mich für sie, voll und ganz. Wie eine Apfelsine, sonnenreif und saftig. Sie hatte Recht. Alles war da, die Gedichte. Und das Leben. Das gerade erst begonnen hatte.

HiNTERHER

Pålles Hausklingel war durch die Tür zu hören, aber niemand machte auf. Ich versuchte es mit der Klinke. Abgeschlossen. Kein Hundegebell, kein Lebenszeichen. Sie waren immer noch verreist.

»Pålle? Bist du da?«

Ich ging zu ihrer Garage.

Zog mich hoch, um durch das kleine Fenster gucken zu können.

Da drinnen stand ihr Auto.

Pålle hatte gesagt, seine Eltern wären mit dem Auto weggefahren. Waren sie zurückgekommen?

Zögernd ging ich zum Briefkasten an der Einfahrt. Der Deckel ließ sich nicht mehr schließen. Der Kasten quoll über von Zeitungen und Reklame. Ich drehte eine Runde in dem kleinen Garten und schaute hinter Büsche und Hecken. Pålles Fahrrad war nirgends zu entdecken.

An der Garagenwand lehnte eine Aluminiumleiter. Ich stellte sie ans Küchenfenster und kletterte hoch. Versuchte blinzelnd durch das reflektierende Glas zu schauen. Da stand der Küchentisch, an dem ich Pålles Mittagessen gegessen hatte, da war der Kühlschrank, da der Spültisch. Aber keine Spur von der Familie.

Das nächste Fenster gehörte zum Wohnzimmer. Dunkle

Ledermöbel, schwere braune Bücherregale und ein struppiger, dunkler, zottiger Teppich.

Es dauerte eine Weile, bis mir klar wurde, dass das gar kein Teppich war.

Das war der Hund.

Er lag merkwürdig verdreht da. Die Beine in unnatürlichem Winkel abgespreizt. Der war auf keinen Fall am Leben.

Mit einem eisigen Gefühl im Bauch schob ich die Leiter zum nächsten Fenster.

Das war das Schlafzimmer. Zuerst begriff ich nicht, was dort lag. Es war, als wäre das Bild kaputt gegangen, wie ein zerstörtes Puzzle auseinandergefallen.

Doch dann sah ich es.

Alles.

Artikel in der Länstidningen

Am Donnerstagabend sind in einer Doppelhaushälfte im Blåklockegränd ein Mann und eine Frau tot aufgefunden worden. Das Ehepaar war Besitzer des Hauses und wird von den Nachbarn als ruhig und zurückgezogen beschrieben. Im Haus wurde außerdem der tote Hund des Ehepaars gefunden. Das Gelände ist abgesperrt, bis die kriminaltechnische Untersuchung beendet sein wird. Laut Angaben der Polizei haben die Leichen bereits seit mehreren Tagen dort gelegen. Kommissar Tage Dahlgren wollte nichts Näheres zu der Todesursache sagen, bittet jedoch um Zeugenaussagen und Informationen über Beobachtungen aus der letzten Woche. Zu der Familie gehörte außerdem ein 17-jähriger Junge, der nicht aufgefunden wurde. Die Polizei kann nicht ausschließen, dass hinter seinem Verschwinden ein Verbrechen steckt.

Suchanzeige

Die Polizei sucht Pål Andersson, 17 Jahre alt, 1,78 m groß, mittelblond, von schlankem Körperbau. Es wird angenommen, dass er bei seinem Verschwinden eine camouflagefarbene Hose und eine dunkle Jacke trug, möglicherweise mit hochgezogener Kapuze. Informationen über den Verschwundenen nimmt jede Polizeidienststelle entgegen.

In meinem vierten Leben war ich nicht im Bunker.

Lavendel weiß nichts davon, und ich will ihr auch nichts davon erzählen.

Ich weiß nicht, wo Pålle ist.

Oder ob er überhaupt jemals wieder auftaucht.

Aber immer wieder sehe ich die Schülertoilette vor mir, in dem allerletzten Augenblick. Die beiden Gestalten, die sich ganz langsam bewegen, bis sie zu zwei Statuen erstarren.

Man kann ganz nah herangehen und sie studieren, jedes einzelne Detail. Den Krampf der Muskeln, die hochgezogenen Augenbrauen, ihre verzerrten Münder. Der eine schlägt mit dem Revolverkolben fest auf die Schläfe des anderen. Der andere hat seine MP hochgehoben, der Finger umklammert den Abzug. Man kann sich vorbeugen und alle einzelnen Details der MP anschauen. Man kann feststellen, dass sie gesichert ist.

Jetzt suche ich mir immer einen Platz auf der Bank gleich neben der Tür. In jedem Klassenraum sitze ich dort. Jedes Mal, wenn die Tür geöffnet wird, schaue ich nach, wer kommt, bereit zu fliehen.

Ich wohne allein in der Wohnung. Mama ist zu Howard gezogen.

Ich will nicht mehr Arzt werden.

Ich werde schreiben.